삶의 힌트

삶의 힌트

초판 인쇄 | 2014년 9월 15일
초판 발행 | 2014년 9월 20일

엮은이 | 김양일
펴낸이 | 홍철부
펴낸곳 | 문지사

등록 | 1978년 8월 11일 제 3-50호
주소 | 서울특별시 은평구 갈현로 312
전화 | 02)386-8451~2
팩스 | 02)386-8453

삶의 힌트

김양일 지음

문시사

책 머리에

우리는 살아가면서 얼마나 많은 것을 잃었고 또 얼마나 많이 잃어가고 있을까요?

이 책의 짧은 글 속에는 웃음과 눈물이 스며 있습니다. 살아오면서 겪은 영광과 좌절의 편린이 끼여 있고, 살아갈 세월의 꿈이 깔려 있기 때문입니다. 지난 세월의 퇴적물 속에서 보석을 캐는 일도 있고, 다가올 미래의 꿈에 띄우는 주문(呪文)도 있기 때문입니다.

또한 읽고, 생각하고, 배운 것, 누구에게 전하고 싶은 것, 때로는 자신에게 일러주어 자기 자극의 힌트로 삼은 것들도 들어있습니다. 매월 30여 편, 이 글을 쓸 때면, 선배, 후배, 동료, 친구, 가족들의 얼굴이 떠오르고, 때로는 저 자신의 얼굴도 섞입니다.

여기에는 감성적인 미사려구보다는 가슴을 치는 작은 돌멩이들이 더 많이 담겨 있습니다. 실생활에서 생각해 봐야 할 문제들, 용기와 희망을 주는 경구들, 행동에 어떤 지침이 될 삶의 힌트가 바로 그것입니다. 그래서 어떤 독자는 이 글들을 새로운 쟝르의 인생 칼럼이라고 부르기도 합니다.

우리는 많은 것을 배웠고, 많은 것을 생각했고, 많은 것을 의욕했고 많은 목표를 새운 적이 있습니다. 지금 우리는 어떻습니까? 아마도 어느 정도의 성취에 만족해 있거나 더 이상의 희망은 없다고 체념한 분도 계신지 모르겠습니다.

이 책의 내용은, 배웠지만 개념의 화석화(化石化)된 지식에 대하여 생각했지만, 추억 속에 잠겨버린 이념에 대하여 의욕했지만, 좌절 또는 타협으로 포기해버린 꿈에 대하여 목표했지만, 세월과 함께 나약해진 패기에 대하여 새로운 상기(想起)와 자극과 회복의 기회를 갖게 하는 데에 목적이 있습니다. 우리는 어떤 부분을 소생, 육성시키고, 약해진 마음에 채찍을 가할 필요가 있습니다.

이 『삶의 힌트』는 진정으로 삶의 뜻을 찾는 분에게는 어떤 한 페이지가 일생을 바꿀 수도 있습니다. 『삶의 힌트』란 거창한 데에 있는 것이 아니라 아주 작은 데에도 있기 때문입니다. 그래서 어떤 경영자께서는 모든 직원들에게 권해 주셨고, 어떤 기업은 전 거래선에 판촉 선물로 보내 주시고, 어느 종친회(宗親會)에서는 가문의 어른들께 보내주십니다.
친구나 애인이나 자녀에게 보내시는 분들과 해외에 보내시는 분들, 그 모든 분들께 감사드립니다.
아무쪼록 『삶의 힌트』가 알찬 삶을 꾸미는 데 도움이 되기를 바랍니다.

김양일 씀

나 한 사람의 의미

●

우리는 무슨 일에 있어서나 우선은 나 자신을 기준으로 해서 생각하고 행동하는 경우가 많습니다. 아무리 이타주의利他主義나 박애주의를 부르짖는 사람도 출발점은 자기 자신이기가 쉽고, 그래서 '천상천하 유아독존天上天下 唯我獨尊'이란 말도 생기게 된 것입니다.

우리는 혼자서 살 수가 없고, 혼자서 살아가는 사람도 없다고 할 수 있습니다.

로빈슨·크루소처럼 만일 나 혼자만이 무인도에 있나고 생각해 봅시다. 절망에 빠져서 단 며칠도 살기 어려운 분도 있을 것입니다. 인간의 생활은 알게 모르게 서로가 도움을 주고 받으며 살아가고 있는 존재입니다.

그것을 모르고 "나 하나쯤이야."라든지, "나만 좋으면 그만이야." 하고 생각하기도 하는 것입니다.

링컨은 말했습니다.

"내가 바라는 것이 있다면 내가 있음으로 해서 이 세상이 더 좋아졌다는 것을 보는 일이다."

자, 그렇다면 생각해 봅시다. 내가 있음으로 해서 내 가정, 내 직장, 내 나라가 더 좋아질 수 있다면 나는 무엇을 해야 할까요.

● **힌트** : 나의 소중함을 깨달읍시다.

어린 시절의 꿈

'어린 시절의 추억은 귀중한 보물 창고'라고 시인 릴케는 말했습니다. 어린 시절에, 어떤 경험을 했고, 어떤 교육을 받았느냐가 그 사람의 일생을 좌우하는 일이 많습니다.

슐리만이라는 소년은 아홉 살 때 아버지로부터 고대 그리스의 트로이라는 도시가 땅 속에 묻혀 있다는 이야기를 들었습니다.

이 소년은 이 때부터 단지, 전설 속의 땅일지 모를 그 유적을 찾아보겠다는 결심을 하게 됩니다. 그러나, 부모님도 돌아가시고 병까지 얻게 되어서 좀처럼 자금이 마련되지 않았습니다. 여러 가지 직업을 전전하면서 유적 발굴을 위한 자금을 모았습니다.

그리고 틈만 나면, 역사나 고고학에 대한 공부를 했습니다. 드디어 마흔네 살이 되었을 때 발굴 작업에 착수합니다. 땅 속 7미터나 되는 곳에서 그 옛날의 성벽이 나타나기 시작했습니다.

어린 시절의 꿈이 유치한 소년의 꿈으로 그치지 않고, 역사상의 위대한 업적으로 이어지는 순간이었습니다.

어린 시절의 마음 속에 꿈을 심어주고 사랑을 심어주는 일은 우리 어른들의 일입니다.

● 힌트 : 어린아이에게서 배워라 그들에게는 꿈이 있다.

어느 소년 이야기

디즈니랜드의 창립자 월트 디즈니는 써커스단의 행열을 따라 다니며 함께 행진하는 것을 좋아한 어느 소년의 이야기를 즐겨했다고 합니다.

어느 날, 소년의 마을에 써커스단이 찾아왔었는데 트럼본 연주자가 결원이 되어 새로 한 사람을 채용하지 않으면 안되게 되었더라고 합니다.

그때 지원한 사람이 그 소년이었습니다. 그런데 행진 악대는 금방 큰 혼란에 빠져버렸습니다. 소년의 트럼본이 엉뚱한 음을 내었기 때문이었습니다. 밴드 마스터가 그냥 있을 리가 없습니다.

"너는 트럼본을 불지도 못하면서 왜, 거짓말을 했지?"

하고 꾸짖자, 소년은 얼굴색 하나 변하지 않고 대답했습니다.

"저는 불 수 있는지 없는 지를 몰랐습니다. 저는 여태까지 한 번도 트럼본을 불어본 적이 없었으니까요."

자신이 경험한 이 이야기를 좋아했던 디즈니는 다음과 같이 말했습니다.

"나는 불가능이라는 것을 몰랐다. 나는 뛰어나가서 찬스를 잡고 무엇이든 해보았던 것이다."

우리 주변에는 미경험의 일들이 가득차 있습니다. 도전하느냐, 마느냐? 그것은 여기 우리의 마음이 선택해야 할 중대한 일입니다.

● **힌트** : 희망은 가난한 사람의 빵이다.

별

●

쌩떽쥐뻬리가 쓴 『어린 왕자』를 보면 자기 별을 가진 사람들이 등장합니다.

물론 어린 왕자도 자기 별을 가지고 있었습니다만, 어떤 별의 주인은 명령하고, 거드럼을 피우고, 지배하는 것을 좋아하는 왕이었고, 어떤 별의 주인은 숭배해 주기를 바라는 허영꾼이었고, 어떤 별의 주인은 부끄러움을 잊으려고 술에 빠져 있는 술꾼이었고, 어떤 별의 주인은 부자가 되려고 쉴새없이 계산하는 사업가였고, 어떤 별의 주인은 남을 위해서 가로등에 불을 켜는 인부였고, 어떤 별의 주인은 지리학자였습니다.

이런 경우의 별이야 상징적인 의미를 갖는 별이 되겠습니다만, 혹시 별을 소유하고 싶은 사람이 있다고

●

해도 현재로서는 불가능한 일로 되어 있습니다.

1967년 10월 10일, 세계 여러 나라 대표들이 모여서 별을 소유하는 일이 없도록 조약을 맺었기 때문입니다.

조약 이름이 좀 깁니다. 「달, 기타의 천체를 포함한 우주 공간의 탐사 및 이용에 있어서 국가활동을 규제하는 원칙에 관한 조약」이란 것이 그것입니다.

이 조약 안에 '우주의 영토는 국가의 취득 대상이 되어서는 안 된다.'는 내용이 있어서, 현재로서는 개인은 물론이고 국가도 소유할 수 없게 된 것입니다.

별을 갖고 싶은 분들에게 저 하늘의 별을 소유하는 건 어느 누구도 막을 수 없는 일이라 하겠지요.

시인 베르길리우스가 "그대 만일 그대의 별을 따른다면…" 하고 노래한 것처럼, 누구나 자기 별을 정해서 그 별을 따라가는 것, 그것이 우리의 인생이 아닐런지요.

● 힌트 : 모든 생활에는 역사가 있다.

아이는 어른의 아버지

영국의 시인 워즈워드의 싯귀에 '아이는 어른의 아버지'라는 것이 있습니다. 주객主客이 전도된 이 표현에 어리둥절한 느낌을 갖는 분도 많으시겠습니다만, 이 시의 해석에 대해서 의견이 분분한 것도 사실입니다.

어떤 분이 어떤 식으로 해석을 했던 간에 아이는 어른의 아버지가 될 수 있고, 우리의 모든 미래가 걸려 있는 존재이기도 합니다.

아미엘의 글에 이런 것이 있습니다.

"어린 아이들의 존재는 땅 위에서 가장 빛나는 혜택이다. 죄악에 물들지 않은 어린애들의 생명체는 한없이 고귀한 것이다. 그래서 우리는 어린 아이들을 사랑하지 않을 수 없다. 우리는 어린 아이들을 통해 아름다움을 발견하고 행복을 느낄 수 있다. 어린 아이들 틈에서만 우리는 이 지상에서 천국의 그림자를 엿볼 수 있는 것이다."

'고슴도치도 제 새끼를 귀여워 한다.'는 속담이 있습니다만, 그러나 우리는 천진무구하고 예쁘다고 해서 아이들을 그저 귀여워만 하고 찬탄만 하고 있을 수는 없습니다.

아이들은 무한한 가능성 그 자체입니다. 그 가능성을 실현할 수 있도록 그 아이들을 때로는 끌어주고, 때로는 밀어주고, 때로는 꾸짖고 때리는 것이 우리의 일일지도 모릅니다.

어른들의 그릇된 가치관과 자유방임주의自由放任主義 때문에 우리의 2세들에게 많은 문제가 발생하고 있습니다. 우리는 그들을 이대로 귀여워만 해서는 안 됩니다. 우리는 고슴도치가 아니기 때문입니다.

● **힌트** : 어린이는 비평보다 본보기를 더 필요로 한다.

젊은 기백

어느 유명한 노화가老畵家께서 딸보다 젊은 제자와 결혼을 해서 화제가 된 적이 있습니다.

일찌기 괴테도 일흔네(74) 살의 나이에 열여덟(18) 살의 처녀에게 구혼을 한 적이 있습니다만, 그 괴테가 "무언가 큰 일을 성취하려고 한다면, 나이를 먹어도 청년이 되지 않으면 안 된다."고 한 말이 생각납니다.

「청춘」이란 시에서도 나이가 중요한 것이 아니라 마음의 자세가 중요하다고 했습니다. 우리는 때때로 '겉늙은이'라든지 '애늙은이'라는 말을 듣는 젊은이들을 주위에서 봅니다. 겉늙은이란 것은 나이보다 늙은 티가 나는 사람이고 애늙은이란 것은 어린아이가 하는 짓이 늙은 티가 나는 경우입니다.

젊고, 발랄하고, 용기와 패기가 넘쳐야 할 나이에 무기력하고, 쓸데없이 점잖을 빼고 의욕도 열정도 없는 젊은이들. 쉬운 일, 편한 일, 깨끗한 일만 찾는 젊은이들. 어두운 곳에 앉아서 무사안일만을 추구하는 젊은이들. 그런 젊은이들은 이미 젊은이라고 부를 수 없을 정도로 늙어버린 것은 아닐런지요.

● **힌트** : 젊은 기백을 잊지 맙시다.

젊을 때 노력하지 않으면

젊을 때는 세월의 빠름을 느끼지 못하다가 나이가 들어가면서 "이제까지 나는 무엇을 했던가?" 하는 회한의 염소를 품는 분도 많습니다.

그래서 '소년은 늙기 쉽고, 학문은 이루기 어렵다(少年易老學難成 : 논어)'는 말씀이나,

'젊을 때 노력하지 않으면 늙어서 후회와 슬픔을 맛보리라(少年不努力 老大徒傷悲 : 고문진보)' 하는 말씀을 되새겨 보게 됩니다.

젊을 때의 노력은 나이 들어서 하는 노력보다 시간적으로도 유리할 뿐만 아니라 젊음 자체의 장점 때문에 성과도 빨리 나타나는 것이 보통입니다. 업종에 따라 다르겠습니다만, 흔히들 업석을 올릴 수 있는 나이

는 스물 다섯 살에서 마흔 살까지라고 합니다.

젊음 자체의 장점에는 다음과 같은 것이 있습니다.

1. 창의력이 풍부하다. 고정관념이 적고 자유분방한 사고를 할 수 있으므로,

2. 건강과 활력이 넘친다. 시간이 걸리는 일이나 체력을 필요로 하는 일도 해낼 수 있으므로,

3. 꿈과 야심이 있다. 성취하고픈 욕망, 성공하고픈 욕망이 그 어느 때보다 강한 때이므로,

4. 자기 자신에 집중 투자할 수 있다. 자기 자신 이외의 문제(가족, 자녀 교육 등)에 시간이나 능력을 빼앗기는 일이 적으므로,

5. 행동력이 있다. 자기 이외의 문제에 구애 받는 일이 적고 활력이 있으므로,

"나는 대기만성형大器晚成形이야." 하지 마시고 이러한 장점을 살리면서 뚜렷한 목표와 끈기만 가진다면 성공은 바로 우리 것이 됩니다.

● **힌트** : 젊음을 잃지 맙시다.

시작이 반

무슨 일이건 미루기만 하다가 결국은 아무 일도 못하는 사람도 있습니다. 그러나 그와 반대로 너무 서둘러 시작한 탓으로 큰 실패를 하는 경우의 사람도 있습니다.

로마의 전설을 보면, 문지기 신神으로서 모든 일의 시초를 지배한다고 하는 야누스(Janus)라는 신이 있습니다. 신기하게도 이 신은 앞뒤에 얼굴이 있어서 '과거와 미래를 볼 줄 아는 지혜'를 상징하고 있습니다.

무슨 일을 시작할 때 치밀하게 과거의 예를 살펴보고 미래를 예측해 보아야 한다는 것은 말씀드릴 필요도 없는 일이겠지요. 그러나 사람의 일이다 보니 이론대로 되지 않는 경우도 많습니다. 마땅히 해야 할 일을 건너 뛰는 경우도 있고 생각이나 경험이 모자라서 불충분하지만, 그냥 시작하는 경우도 있습니다.

어떤 분은 '뛰면서 생각한다.'는 명언을 남기기도 했습니다만, 우유부단하게 주저하는 쪽 보다는 우선, 행동으로 옮기는 데에 뜻을 둔 말이지요. 깊이 생각하고 시작하느냐, 우선 시작하고 생각하느냐는 상황에 따라, 사람에 따라 다릅니다.

그러나 어쨌든 시작하지 않으면 아무 일도 이루지 못합니다.

● **힌트** : 결심한 것은 지금 곧 시작합시다.

혼자만의 시간

●

　노르웨이의 탐험가 난센은 스물 일곱 살 때 그린랜드 560km를 횡단하여 그린랜드가 얼음 벌판으로 되어 있다는 것을 확인했고, 서른 두 살 때는 목숨을 걸고 북극 탐험을 하여 해류에 관한 자기의 가설을 증명하기도 했지요.

　혹한과 망망한 얼음 벌판과 고독과… 젊은 난센에 있어서 탐험은 자기와의 싸움이자 자연과의 싸움이기도 했습니다.

　어쨌든 그는 성공했고 후에는 외교관이 되어서 노벨 평화상을 받기도 했습니다.

　그가 한 말에 이런 것이 있습니다.

　"인생에 있이시 가장 중요한 일은 자기를 발견하는

●

것이다. 그 때문에 때로는 혼자서 조용히 생각하는 시간을 가질 필요가 있다."

자기의 능력, 자기의 실력, 자기의 계획, 자기만의 방법… 혼자서 생각해야 할 일들은 너무도 많습니다.

어떤 세일즈맨은 아무리 바쁘게 돌아다녀도 실적이 오르지 않기 때문에 방법을 바꾸기로 했습니다. 일주일의 하루는 혼자서 생각하고, 혼자서 계획을 세우는 날로 정했던 것입니다.

그 후로 상상도 못하던 실적이 올랐습니다. 그래서 혼자만의 정리일整理日을 이틀로 늘렸고 그러자 실적은 더욱 올랐다고 합니다.

● **힌트** : 혼자만의 시간도 만듭시다.

하루 15분

하루에 15분씩만 책을 읽어도 일년에 스무 권이나 읽게 된다는 계산이 나온다고 합니다.

하루에 15분만 읽어도 적지 않은 독서량이 됩니다만, 하루에 두 시간씩 규칙적으로 독서를 해서 아주 유식하게 된 사람이 있었습니다.

모택동도 때와 장소를 가리지 않을 정도로 유명한 독서가였습니다만, 미국 상원의원 중에 학교 공부는 별로 못 했으면서도 모르는 것이 없을 정도로 유식하고, 판단이 정확해서 어떤 젊은이가 도대체 그 비결이 무엇이냐고 물었습니다.

그러자 상원의원은,

"나는 열여덟 살 때부터 하루에 두 시간씩 독서를

하기로 결심했지. 차를 탈 때나, 누구를 기다릴 때나 심지어 여행 중에도 닥치는 대로 읽었지. 신문이나 잡지는 물론이고 명작 소설이나 시도 읽었고, 성경도 읽었고, 정치 평론도 읽었지. 그렇게 했더니 자연히 모든 걸 알게 되더군…. 젊은이, 자네도 해보게. 틀림없이 자네도 유식한 인물이 될테니까."

이렇게 말했다고 합니다.

알맞은 시간을 정해서 하루에, 단 얼마라도 읽는 습관을 갖는 것도 좋은 독서 방법이 아닐까 생각됩니다. 독서만이 아니라 어떤 일이든 계속해서 연마하면 남보다 앞선 경지에 도달할 수 있습니다.

● 힌트 : 꾸준히 밀고 나갑시다.

밝은 성격

어떤 사람이 자기 아들을 업고 언덕길을 오르고 있었습니다.

"너도 꽤나 무거워졌구나."

하고 아버지가 숨찬 목소리로 말하자,

"아버지, 인내와 노력이 인간을 만드는 거예요. 조금만 참으세요."

하고, 어린 주제에 가당찮은 '명언'을 일러드리는 것이었습니다. 아버지는 너털웃음을 웃고 끝까지 업고 갔다고 합니다.

그 똑똑한 꼬마의 이름은 앤드류 카네기였습니다. 강철왕으로 성공한 뒤에도 그 카네기가 항상 인용하는 격언이 있었습니다.

"밝은 성격은 어떤 재산보다 귀중한 것이다. 성격이란 것은 기를 수 있는 것으로서 인간의 마음도 몸과 마찬가지로 그늘에서 햇빛 비치는 곳으로 옮겨가지 않으면 안 된다는 점을 항상 기억해 두어야 한다. 곤란한 경우를 당한 때에도 가능한 한 웃어 넘겨야 한다. 조금이라도 생각할 줄 아는 인간이라면 누구나, 그렇게 할 수 있는 것이다."

그리고 새뮤엘 존은 말했습니다.

"어떤 일이건 가장 좋은 면을 보는 습관은 수천 파운드 금액의 소득에 해당한다."

일이건 세상살이건 밝은 면도 있고 어두운 면도 있습니다. 어쩌면 밝지도 어둡지도 않을지 모릅니다만, 우리는 어느 한쪽으로 보려는 경향이 있습니다. 밝은 쪽으로만 보려고 해도 우리의 인생은 너무 짧습니다. 자, 찡그린 표정을 펴시고 웃는 표정이라도 만들어 보시면 어떠실까요?"

● **힌트** : 밝게 삽시다.

정신적 자석

우리는 어릴 때, 자석을 가지고 놀이를 한 경험이 있습니다. 어떤 것은 달라 붙고, 어떤 것은 달라 붙지 않습니다. 두 개의 자석이 같은 극끼리 만나면, 서로 밀쳐 내기도 합니다.

조셉 머피 박사는 "성공을 원한다면 당신 스스로가 정신적인 자석이 되라."고 강조하고 있습니다만, 물론 끌어들이고 달라 붙는 자석이 되어야겠지요. 비관적이고, 소극적이고, 비판적인 사람에게는 흡인력이 생길 리가 없습니다.

"나는 무슨 일을 해도 되는 일이 없어. 세상 일이란 원래 뜻대로 되는 것이 아니야. 혹시 무슨 일이 성사된다 하더라도 곧바로 다른 골치 아픈 일이 생길시도

몰라."

이처럼 스스로가 도망 가는 자석에 일부러 달라 붙으려고 쫓아가는 일은 드물 것입니다. 짝사랑의 경우를 빼고는 말씀이지요. 그러나 낙관적이고, 적극적이고 우호적인 사람에게는 강력한 자석의 힘이 발산됩니다.

"나는 내가 하는 일에 보람을 느끼고 나와 상대하는 사람에게 도움을 주려고 하기 때문에 누구나 즐거운 마음으로 만날 수 있어. 나는 항상 낙관적으로 생각하고 적극적으로 행동하기 때문에 강한 흡인력이 생기는 거야."

이러한 적극적인 마음 가짐을 자기 암시를 통하여 반복해서 습관적으로 강화해 가면 성공이 눈앞으로 다가 옵니다.

● **힌트** : 적극적으로 친화력을 가집시다.

벽돌 한 장

토머스 칼라일은 수천 페이지에 달하는 『프랑스 혁명사』의 원고를 탈고한 후 이웃에 사는 존 스튜어트 밀에게 읽어보라고 주었습니다.

그런데 며칠이 지난 후 창백한 얼굴을 한 스튜어트 밀이 칼라일을 찾아왔습니다. 스튜어트 밀의 하녀가 그 원고를 난로불을 지피기 위해 태워버렸음을 알자, 칼라일은 제정신이 아니었습니다.

2년 동안이나 심혈을 기울였던 그 결과가 그만 재가 된 것이었습니다.

그러던 어느 날이었습니다. 한 석공이 작은 벽돌을 하나 하나 쌓아서 높고 긴 벽을 만드는 것을 본 순간 그의 마음에는 새로운 용기가 솟아났습니다.

그는 다시 시작하기로 결심했습니다.

"나는 오늘 꼭 한 페이지만 쓸 것이다. 예전에도 한 페이지부터 시작하지 않았던가!"

그는 그 즉시 한 페이지부터 다시 써 나가기 시작했고, 없어진 처음 원고보다 더 잘 쓰기 위해 아주 천천히 진행했다고 합니다.

어떤 일이 잘못되었을 때 낙담과 절망의 늪에서 빠져 나오지 못하는 사람이 있는가 하면, 어떤 방법으로든 그것을 극복하여 훌륭히 재기하는 사람도 얼마든지 있습니다.

좌절하고 마느냐, 도전해서 극복하느냐는 마음 하나의 차이에 있습니다.

벽돌 하나 하나가 모여서 만리장성이 되었고 하루 하루가 모여서 실적이 되고, 인생이 됩니다. 체념하고 포기해 버린 그 어떤 것, 지금 곧 우리 인생의 벽돌 한 장을 놓는 것, 그것은 새로운 시작이자 도전이라 할 것입니다.

● **힌트** : 시작을 미루지 맙시다.

목표에의 도전

사람들은 누구나 "아무 일도 하지 않고, 아무 지시도 받지 않고 아무 목표도 없이 놀고 먹을 수만 있다면 얼마나 좋을까?" 하는 생각을 해본 적이 있을 것입니다.

일을 하지 않고도 살아갈 만큼 경제적 여유가 있다고 가정해 봅시다. 그러면 어떤 일이 벌어질까요? 잠이나 실컷 자겠다는 분, 좋아하는 운동이나 하겠다는 분….

사람마다 희망은 다르겠습니다만, 그런 일을 계속한다고 해도 과연 며칠을 지탱할 수 있을까요.

잠은 건강이나 휴식을 위한 것이지 그 자체가 행복의 목표는 아닙니다. 계속해서 자면 오히려 식욕도 잃고, 건강도 잃고 지루함 때문에 병이 날 것입니다.

등산이나 운동은 왜 하는 것일까요? 건강을 위해서 싫지만 하는 사람이 있는가 하면 산정을 정복하는 기쁨, 실력이 향상되어서 경쟁에서 이기는 기쁨, 금메달을 목에 걸고 인기와 명예를 누리고 싶은 욕망, 우리의 일도 등산이나 운동과 마찬가지로 정상을 정복하기 위해서는 남보다 더 많은 땀과 노력이 필요합니다.

나태해지는 자신을 채찍질하면서 정상이라는 목표, 금메달이라는 목표를 향하여 매진하는 것처럼 목표에 도전하는 데에서 행복을 찾아야 하겠습니다.

● **힌트** : 목표를 세우고 도전합시다.

인생의 목표

●

크건 작건 우리에게는 목표가 있습니다. 공동의 목표도 있고, 개인의 목표도 있습니다.

"목표란 달성되기 위하여 있는 것이다."

하고 큰 소리로 장담하는 분이 계신가 하면 목표 설정을 하지 않은 채 막연한 상태로 허송 세월하는 분들도 보게 됩니다.

프랑스의 작가 겸 평론가였던 앙드레 모로아는,

"인생을 영위하는 기술은 하나의 공격 목표를 정하고 거기에 힘을 집중하는 것이다."

라고 갈파했습니다.

모로아는 제2차대전 직전 미국으로 건너가서 프린스턴 대학에서 강좌를 맡은 적이 있었습니다. 대학에

●

서 계속해 강의를 맡아 달라고 부탁을 했지만, 위험에 처한 조국으로부터 떨어져 있을 수 없다 하여 귀국을 했던 사람입니다.

모로아는 역사상에 큰 업적을 남긴 사람들을 연구하여 그들에게는 모두 특이한 공통점이 있다는 것을 발견했습니다.

그것은 곧, 자기의 인생에 명확한 목표를 정하고 그한 가지 일에 전력을 다했다는 사실이었습니다.

평범한 사람에게는 목표를 세우는 일조차 쉬운 일이 아닐지도 모릅니다. 그러나 역사상의 위인이 되기위한 목표는 아닙니다.

그래서 큐벨이라는 사람은,

"목표란 반드시 달성되기 위해서 세워지는 것이 아니라, 표준점의 구실을 하기 위해서 세워지는 것이다." 라고 말했습니다.

지금 우리 앞에 있는 해결해야 할 과제도 목표이고어떤 기간까지 성취해야 할 골(Goal)도 목표입니다.

수험생에게는 합격의 목표가 있고 내 집 마련을 꿈

꾸는 분들에게는 집 한 채가 목표입니다. 공동의 목표이건, 개인의 목표이건, 우선 목표를 세우는 것이 출발점입니다.

그리고 그 목표 달성을 위한 수단과 방법을 총동원해서 목표에 도달하는 것이 우리의 목표입니다.

'인생의 목적은 지식이 아니고, 행동(올더스 헉슬리)'이기 때문입니다.

● 힌트 : 목표 달성에 최선을 다합시다.

산을 오르게 하는 것

미국의 철학자 존 듀이가 90세가 되던 해 젊은 학자와 나눈 이야기에 이런 것이 있습니다. 그 젊은 학자는 철학을 업신여기는 듯이 불쑥 말을 했습니다.

"그 따위 말장난이 뭐가 좋단 말입니까? 도대체, 그게 무슨 소용이 있지요?"

그러자 노철학자는 조용히 말했습니다.

"그건 말일세, 우리가 산을 오르게 하니까 좋은 걸세."

"산을 오르다니요? 그게 무슨 소용이 있단 말입니까?"

젊은이는 불평하듯 말했습니다. 그러자 존 듀이는 젊은이의 무릎에 손을 가볍게 얹으며 말했습니다.

"산을 오르면 올라가야 할 다른 산이 있다는 것을

알게 되지. 그래서 내려와서는 다음 산을 오르게 되고 다시 올라가야 할 또 다른 산이 있다는 걸 알게 되지. 만일 자네가 올라가야 할 산을 보려고 계속해서 산을 오르지 않는다면, 이미 인생은 끝이라네."

이 비유가 등산 이야기가 아니라는 건 아셨겠지만 계속해서 오르고, 계속해서 정복하고, 끝없는 도전과 노력이 곧 인생이라는 걸 설명한 것이었습니다.

인생은 과정이라는 말도 있습니다만, 그 과정 속에는 수많은 산이 있고 어떤 산을 정복하고 보면 또 다른 산이 있고, 이렇게 해서 인생의 노력은 계속되는 것입니다. 어딘가 중도에서 정지하거나 관심을 잃어버리면 이미 인생의 의미도 끝난다는 뜻이라고 하겠습니다.

혹시 중도에 멈춰서신 분이나 아직 확고한 행진을 시작하지 않은 분들께서는 지금부터라도 생각을 바꾸시도록 권하고 싶습니다.

● 힌트 : 목표를 확실히 합시다.

최선의 것

에이브러험 링컨이 한 말 중에 아주 유명한 것이 있습니다.

"나는, 내가 할 수 있는 한의 최선의 것, 내가 아는 한의 최선의 것을 실행하고 또 언제나 그러한 상태를 지속시키려고 한다."

링컨은 스물두 살에 처음 사업에 실패한 이래 거의 매년 실패의 고배를 마셔야 했습니다. 한 번도 제대로 성공하지 못하고, 수도 없이 출마를 했지만 번번히 낙선을 하고 말았던 것입니다. 그래서 링컨은 하원의원이나 상원의원을 지낸 적도 없고 부통령에도 출마했다가 낙선의 고배를 마셨습니다만, 쉰 한 살이 되어서 대통령에 당선되고, 재선까지 하게 됩니다.

링컨은 청년 시절도 중년 시절도 고난의 연속이었지만, 좌절하지 않고 끝까지 그 '최선의 것'에 도전했기 때문에 목표를 달성햇던 것입니다.

성공한 사람들의 얘기를 듣고 보면 모든 것이 그럴듯하고 또 그렇게 될 수밖에 없었다고 생각되는 점도 많은 건 사실입니다. 그러나 사람은 태어날 때는 누구나 평등했고 살아가면서 진로나 결과가 달라지게 됩니다.

하루하루를 성실하고 적극적인 자세로 임한다면 성공의 기회는 누구에게나 주어진다는 신념이 절실히 필요한 때라고 생각합니다.

자, 오늘도 즐겁고 적극적인 마음가짐으로 신념을 가지고 시작해 봅시다.

● 힌트 : 좌절하지 맙시다.

내일이라는 마취제

●

'내일 백마를 탄 왕자가 나를 모셔 가리라.' 하고 눈부신 내일을 몽상하는 여자들의 심리를 신데렐라 증후군(신드롬)이라고 합니다만, 이는 누구에게나 조금씩은 있는 인간의 약점이 아닐까 합니다.

그러나 그런 몽상 때문에 '오늘도 이 정도로만 하고, 내일부터는 열심히 하겠다.'고 생각하는 사람도 적지 않습니다. 그것은 내일부터 잘 하겠다는 결심이 아니라 지금은 안 하겠다는 마취제이며 이런 마음가짐으로는 영원히 자기를 변혁할 수는 없습니다. 오늘 할 일을 내일로 미루면 때로는 영원히 이루지 못할 때도 있습니다.

세계 제2차대전 때 사막의 여우로 칭송 받던 독일의

롬멜 장군은 1차대전 때에는 한낱 위관급 장교에 불과했습니다.

그가 이탈리아 북부 전선에 배속되어 전투가 시작되던 날, 그는 설사와 복통으로 전투에 나설 형편이 아니었습니다만, 과감하게 출전하여 그로부터 몇 달간 눈부신 전공을 세웠습니다. 아시다시피 전투란 내일로 미룰 수 없습니다.

'될성 싶은 나무는 떡잎부터 다르다.'고 해야 할지 '떡잎부터 다르면 되게끔 되어 있다.'고 해야 할지 2차대전 전에는 보병부대 지휘관이던 롬멜은 2차대전이 일어난 후, 전차부대 지휘관으로 성공적으로 변신하게 됩니다.

보급의 부족으로 결국은 패배했지만, 이는 그의 잘못이 아니었습니다. 달력에는 내일이 있지만, 우리들의 일에는 내일이 없어야 합니다.

● **힌트** : 미루지 말고, 당장 실천합시다.

멀리, 그리고 넓게

●

중남미 대륙에는 눈이 네 개가 있는 물고기가 있다고 합니다.

이 물고기는 물의 수면을 따라 헤엄을 치면서 위에 있는 두 눈은 물 위를 보고 아래에 있는 두 눈은 물밑을 본다는 것입니다. 신기하게도 눈이 이중 초점으로 되어 있어서 동시에 아래 위를 본다는 것이지요.

야누스라는 신은 앞과 뒤에 눈이 있어서 과거와 미래를 본다고 합니다만, 물고기의 눈은 보통 180도를 볼 수 있기 때문에 이 '네 눈박이' 물고기는 아래 위를 동시에 보는 360도의 렌즈를 갖고 있는 셈입니다.

하늘에서 내려다 본 그림은 새가 바라본 그림이라고 해서 조감도鳥瞰圖라고 부르고 물 속에서 올려다 본 그림은 물고기 눈으로 본 그림이라고 해서 어안도 魚眼圖라고 부릅니다만, 이 물고기는 두 가지의 어안 도를 볼 수 있는 셈이라고 할까요.

「갈매기의 꿈」이라는 책을 보면, '높이 날으는 새가 멀리 본다.'는 말이 나오지요. 새의 눈과 이 네눈박이 의 눈과 야누스의 눈을 가질 수만 있다면, 눈이 열 개 나 되는군요.

글쎄요. 그건 이미 사람이라고 부르기엔 너무 괴상 한 모습이 되는 건가요?

● **힌트** : 삶을 멀리, 넓게 보는 습관을 가집시다.

그릇이 큰 사람

K씨는 올해로 세번째 직장을 그만 두었습니다. 퇴직 이유는 항상 같습니다.

"내가 시작하려고 하는데 먼저 상사가 지시를 한다. 설명을 듣지 않아도 알고 있는 일을 가르치려 든다. 회사가 마음에 들지 않게 되고, 그러다가 어느날 사표를 내고 만다."

K씨 만이 아니라 이렇게 회사를 그만 두는 사람이 늘고 있습니다. "시작하려고 할 때 지시를 받는다."는 것은 알고는 있어도 곧바로 하지 않았기 때문입니다. 또 "말하지 않아도 알고 있다."고 생각하는 것은 교만한 마음의 표현입니다.

이러한 마음이나 버릇을 고치지 않는 한 K씨는 아

무리 회사를 옮겨도 장기 근속을 할 수 없게 될 것입니다.

남의 탓을 하는 태도나 교만한 마음가짐은 자신의 인간적인 성장에 방해가 될 뿐만 아니라 인간 관계마저도 원만치 못하게 됩니다.

마음을 비우고 모든 것을 받아들이는 자세가 되면 그릇이 큰 인간으로 변해 갑니다. 그릇이 큰 사람이 모인 직장은 밝고 활기가 넘치게 됩니다.

● **힌트** : 그릇이 큰 사람이 됩시다.

자기 혁신

·

성적이 좀처럼 오르지 않는 학생이 있었습니다. 마음을 가다듬고 공부에 집중하려 했지만, 잡념이 생기고 쉽게 졸음이 와서 모처럼의 각오도 깨져 버리고 결심한 것을 제대로 행하지 못한다는 자책감 때문에 성격마저 우울해지곤 하는 것이었습니다.

그 학생은 막연한 각오가 아니라 자기의 결점이 무엇인지 무엇부터 고쳐야 할까를 생각해 보았습니다. 문득 깨닫는 것이 있었습니다. 엎드려서 공부하던 습관을 버리고, 반드시 책상에 앉아서 "자, 하자!" 하는 기합을 넣고나서 시작하기로 했습니다.

그 후로 몰라 보게 달라져서 자신감이 붙고 활달한 성격을 되찾았다고 합니다.

·

건전한 사람이라면 누구나 나쁜 습관을 버리고 자기 성장을 위한 무엇인가를 하려고 합니다. 그것이 좀처럼 되지 않는 이유는 우선 마음의 변화가 되지 않는 탓이고 마음의 변화가 있었다고 해도 행동의 변화를 가져 오지 못한 탓입니다.

스위스의 문학자 겸 철학자였던 아미엘이 남긴 「일기」를 보면 다음과 같은 유명한 말이 나옵니다.

마음이 변하면, 태도가 변한다.
태도가 변하면, 습관이 변한다.
습관이 변하면, 인격이 변한다.
인격이 변하면, 인생이 변한다.

자기 혁신이란 곧 마음에서 시작됩니다. 마음이 변하면, 인생이 변하는 것입니다.

● **힌트** : 마음에 불을 붙입시다.

사람 낚기

●

'강태공이 세월 낚듯 한다.'는 말은 곧은 낚시를 드리우고 고기잡는 일보다는 시간 보내기(Killing time)로 소일을 했다는 데서 나왔습니다만, 사실은 때를 기다리고 있었다고 봐야겠지요.

그런데 중국의 어떤 지방에는 낚시 바늘이 일(一)자로 되어서 실제로 곧은 낚시라고 부른 것이 있었다고 합니다.

가는 대나무 양끝을 바늘처럼 날카롭게 깎고 삶은 보리나 밀에 양끝을 끼우면 둥글게 되었다가 고기가 물어서 미끼가 빠지면 바늘이 다시 일(一)자로 튕겨서 잡힌다는 것입니다.

강태공의 낚시도 과연 그런 종류였는지는 모르겠습

●

니다만, 그 여상呂尙을 태공망太公望이라고 부른 것
은 문왕文王의 할아버지(태공 : 太公)가 기다리던(망 :
望) 사람이라는 뜻에서 나왔다고 합니다.

이 강태공 여상의 병법서 『6도(六韜)』를 보면 첫머
리에 문왕과 강태공이 만나는 장면이 나옵니다.

문왕이 강태공에게 말을 건넵니다.

"낚시하는 것이 즐거워보입니다."

하자,

"군자는 자기의 이상이 실현되는 것을 기뻐하고, 소
인은 눈앞의 일이 이루어지는 것을 기뻐하지요. 내가
지금 낚시질을 하는 것도 그러한 것과 흡사합니다."

그래서 문왕이 무엇이 흡사하냐고 묻게 됩니다.

"낚시에는 세 가지 묘한 방법이 있습니다. 물고기를
불러 모으는 법은 임금이 봉급으로 인재를 부르는 것
과 같고, 고기가 끌려와서 잡히게 하는 법은 임금이 사
람으로 하여금 목숨을 바치게 하는 것과 같고, 물고기
크기에 따라서 미끼를 조절하는 것은 임금이 인물에
따라서 벼슬의 정도를 정하는 것과 같은 것입니다."

하고 대답합니다.

그리하여 물고기를 잡는 법과 사람의 마음을 잡는 법에 대해서 여러 가지로 비교하면서 자세히 설명하게 되고 드디어 임금의 스승으로 발탁되어서 천하 통일의 대업을 도우게 됩니다.

강태공은 문왕이라는 대어大魚를 낚았고, 문왕은 강태공이라는 대어를 낚은 셈입니다만, 강태공은 '발탁'된 그 때 이미 머리가 허연 노인이었다고 하니까, 대어가 되려는 분들이나 대어를 낚으려는 분들, 조급히 생각지 마시고 경륜을 쌓아가시면 어떠실까요.

● **힌트** : 인재를 아낍시다.

나의 슬픔을 지고 가는 사람

영화 「늑대와 함께 춤을」을 보신 분들은 아시겠습니다만, 북미 대륙의 인디언들은 사물을 표현하는 방법이 아주 독특합니다.

'주먹 쥐고 일어서', '바람처럼 빠른 사람'이 있는가하면, 영화의 주인공이 늑대와 함께 노는 모습을 보고 인디언들은 그를 '늑대와 함께 춤을'이란 이름으로 불렀던 것이다.

그런데 그 인디언들이 '친구'를 가르키는 말은 '나의 슬픔을 자기 등에 지고 가는 사람(one who carries my sorrows on his back)'이라고 합니다.

우리가 말하는 친구란 '오랜동안 가깝게 지낸 사람'이란 뜻이라면 그들이 말하는 친구는 시적詩的인 운치도 있고 인생에 대한 깊은 통찰이 있습니다.

로마 시대의 키케로(시세로)는 '친구는 나의 기쁨을 배로 하고, 슬픔을 반으로 한다.'고 말했습니다. 슬픔이나 기쁨만이 아니라 여러 가지 일이 포함될 수도 있다고 생각합니다.

만일, 슬픔이란 말 대신에 '어려운 일', 또는 '괴로운 일'이라는 말로 바꾸어도 뜻이 훌륭히 통하게 됩니다. 친구만이 아니라, 동료 관계, 부부 관계도 마찬가지입니다.

우리는 과연, 남의 일을 어느 정도로 '나의 등'에 지려고 생각해 왔을까요?

● 힌트 : 공존의식을 가집시다.

구름 속에 카페를

윤채천 교수의 「구름 카페」라는 수필집에 '구름 카페' 라는 제목의 글이 있습니다. 그 일부를 보기로 합니다.

'나에겐 오랜 꿈이 있다. 여행중에 어느 지방의 골목길에서 본 적이 있거나 추억 어린 영화와 책 속에서 언뜻 스치고 지나간 것도 같은 카페를 하나 갖는 일이다. 구름을 좇는 몽상가들이 모여들어도 좋고, 구름을 따라 떠도는 역마살 낀 사람들이 잠시 머물다 떠나도 좋다. 구름 낀 가슴으로 찾아들어 차 한 잔에 마음을 씻고, 먹구름뿐인 현실을 잠시 비껴앉아 머리를 식혀도 좋다.

꿈에 부푼 사람은 옆자리의 모르는 이에게 희망을 품어주기도 하고, 꿈을 잃어버린 사람은 그런 사람을 보며 꿈을 되찾을 수 있는 곳, '구름 카페'는 상상 속에서 늘 나에게 따뜻한 풍경으로 다가오곤 한다.

넓은 창과 촛불, 길게 드리운 커튼, 고갱의 그림이 원시의 향수를 부르고, 무딘첼로의 음률이 영혼 깊숙이 파고드는 곳에서 나는 인간의 짙은 향기에 취하고 싶다. … (중략)

'구름 카페'는 나의 생전에 존재할 수 없는 것이어도 괜찮다. 아니면 숱하게 피었다가 스러지는, 사랑하는 사람들이 곁에 있다면 어디서나 만날 수 있고 느낄 수 있는 행복의 장소인지도 모른다. 구름이 작은 물방울의 결집체이듯 현실에 존재하지 않기에 더 아득하고 아름다운지도 모른다.

그러나 나는 꿈으로 산다. 그리움으로 산다. 가능성으로 산다. 오늘도 나는 '구름 카페'를 그리는 것 같은 미숙한 습성으로 문학의 길을, 생활 속을 천천히 걸어가고 있다.'

비행기를 타고 구름 속을 지날 때의 환상적인 장면을 상기해 봅시다. 구름 속에 카페도 만들고 궁전도 만들고… 또 무엇을 만들까요?

● **힌트** : 꿈을 가집시다.

고독을 사랑하는 사람

'복잡한 세상, 어디론가 훌쩍 떠나서 사람도 없고, 경치도 없고 소리도 없는 곳에서 혼자서 쉬고 싶다.' 혹시 이런 생각을 해 보신 분도 계실 것입니다.

'혼자 있고 싶다. 나는 고독을 사랑한다.' 고 독백(獨白 : 혼잣말)을 해 보신 분도 계실 것입니다. 그러나 과연 우리는 얼마나 고독을 참을 수 있는 걸까요.

학자들이 연구한 것을 보면 고독이란 것이 생각한 만큼 달콤한 것이 아니라, 공포와 불안의 연속이며 인간성의 파괴 현상까지 일으키는 것을 알 수 있습니다.

인간이란 본능적으로 집단생활의 욕구를 갖고 태어난 동물이기 때문에 고독을 견디지 못하는 특성이 있기 때문입니다. 평소에 집단생활을 하는 동물을 한 마리만 격리시켜 놓으면 한 달에서 한 달 반(4~6주) 사이에 극도로 신경질이 되고 두 달 반(10주)이 경과하면 걷잡을 수 없이 난폭한 행동을 할 뿐만 아니라 피부에 염증까지 생기더라는 것입니다.

미국과 캐나다에서 실험한 것입니다만, 아무 소리도 없는 쾌적한 독방에 들어간 피험자被驗者는 처음에는 잠을 자기 시작하다가 시간이 경과함에 따라 불안, 초조 때문에 참을 수 없게 되고 심지어는 헛것幻視이 보이고 이상한 소리가 들렸다고 합니다. 지루함을 잊기 위해서 몸을 움직이고 노래를 부르고, 휘파람을 불고 혼잣말을 하기도 하지만, 단 며칠을 견디는 사람이 드물었다고 합니다. 절대고독은 편안함을 주는 것이 아니라 오히려 스트레스가 된다는 것이 결론입니다.

못마땅한 사람 때문에 인생 자체를 비관적으로 생각하기도 합니다. 마음을 열고 집단의 따스함 속에 자기를 적응시키지 않으면 몸과 마음에 병이 생깁니다.

● **힌트** : 집단의식을 강화합시다.

깔끔한 사람

●

가정집이건 점포건 입구에 들어서면 주인의 사람됨을 알 수 있다고 합니다.

점포의 경우라면 점포 앞, 사무실, 창고 등이 어수선할 경우 주인이나 점원의 자세를 알 수 있습니다. 일이 많아서 정돈할 시간이 없다기보다 그 점포 사람들의 절도 없고 게으른 성격이 그렇게 나타나는 것입니다.

우리의 주위를 한 번 살펴봅시다. 우리는 과연 어떤 평가를 받을 수 있을까요?

싹싹하고 재빨리 일을 처리하는 사람은 이것은 누구 담당, 저것은 누구 담당이라고 서로 미루지 않고 스스로 즉시 처리합니다.

먼저 보고 느낀 사람이 즉시 정돈해 놓으면 그다지

시간도 걸리지 않습니다. 나중에 한꺼번에 정돈하려니까 일이 많아집니다. 뒷처리가 좋지 않은 곳은 일도 제대로 되지 않고 시간도 더 많이 허비하게 됩니다.

일을 신속하고 깔끔하게 하려면 뒷처리를 잘하여 다음 일의 준비를 잘 해야 합니다.

도구나 제품을 사용한 후에도 손질을 하여 처음 있던 곳에 반드시 되돌려 놓는 습관을 가져서 우리 모두 깔끔한 사람이 되도록 노력합시다. 얼굴이나 몸가짐에는 신경을 쓰면서도 주위의 환경 정리에는 무신경한 사람도 많기 때문입니다.

● **힌트** : 정리, 정돈을 잘 합시다.

과거가 없는 사람

●

만일 이 세상에 과거가 없는 사람이 있다면, 어떤 사람일까요. 아마도 갓 태어난 어린 아이겠지요. 그래서 과거가 없는 사람은 있을 수 없다고 해도 과언이 아닙니다.

과거, 현재, 미래를 나타내는, 시제時制를 나타낼 때의 과거는 누구에게나 있게 마련이니까요.

그러나 흔히 과거라는 말은 '좋지 못했던 한때'를 나타내기도 하지요.

'과거를 묻지 마세요.'라고 할때의 과거, 부끄럽고 창피한 과거, 깨끗치 못한 과거, 남에게 알리고 싶지 않은 과거, 말씀이지요. 좋은 일이 쌓이면 경력이 되고 나쁜 일은 하나라도 과거가 됩니다.

●

어떤 정치가가 화려한 경력에도 불구하고, 불미스러운 과거 때문에 몰락한 경우도 있고 과거를 솔직히 고백하고 참회해서 위대한 성자聖者가 된 경우도 있습니다.

'10년 선행善行을 해도 하루의 잘못으로 허사가 된다.'는 중국 속담이 있습니다만, 나쁜 짓은 아무리 작은 것이라도 냄새를 풍기고 소문이 납니다. 그래서 한때의 잘못은 일생을 따라 다니며 괴롭힙니다. 과거란, 지우개로는 지울 수 없는 것이니까요.

나쁜 짓은 나쁜 마음에서 생겨납니다. 곧은 마음, 바른 마음을 잃어버릴 때, 경솔하게 충동적으로 몸을 맡길 때, 일생 동안 씻지 못할 상처가 생깁니다.

● **힌트** : 곧고 바르게 삽시다.

천리안을 가진 사람

●

미래에 일어날 일에 대해서 관심을 갖고 궁금하게 생각하는 것은 인간만이 가진 특성이라고 할 수 있습니다. 가까운 미래나 장래의 운수는 물론이고, 내세에 대한 문제까지도 생각하는 일이 많은 것을 보면, 다른 동물과는 달리 인간은 역시 미래 지향적인 동물이라고 생각할 수 있습니다.

그래서 흔히들 '비전을 가져라, 꿈을 갖고 살아라. 멀리 보고 살아라.' 하는 식으로 장래의 일을 미리 생각할 줄 알아야 한다고 가르치고 있습니다. 이처럼 먼 앞날을 알아보는 사람을 '천리안千里眼'이 있다고 합니다만, 이 말은 원래 불교 용어였다고 합니다.

중국에 다음과 같은 고사가 있습니다.

양일楊逸이라고 하는 29세 된 청년이 광주라는 곳의 지방 장관이 되었을 때의 일입니다. 양 장관이 어찌나 열심히 일을 했던지 칭송이 자자했습니다. 그런데 양 장관이 부임한 뒤부터 이상한 일이 일어났습니다. 갑자기 관리나 군인들이 약탈이나 부정한 일을 하지 않게 되었던 것입니다.

그 때부터 "양 장관은 천리안을 가졌기 때문에 절대로 속일 수가 없다."는 소문이 퍼졌더라는 것입니다. 사실은 부정을 없애기 위해서 미리 사람을 풀어서 감시를 시켰던 것인데 사람들은 그가 천리 앞을 본다고 믿었던 것입니다. 이 때부터 천리안이라는 말이 생겨났다고 합니다마는, 루즈벨트 대통령이 30대의 젊은 암행어사를 풀어서 부정 행위를 발본색원했다는 이야기가 생각나기도 합니다.

자, 우리의 마음 속에도 암행어사를 하나씩 두어서 흐트러지려는 자세를 가다듬어 보시면 어떠실까요?

● 힌트 : 부정 행위를 멀리 합시다.

마음의 문

타인으로부터 호감을 받는 사람을 보면 우선 상대방을 대하는 태도가 다른 것을 알 수 있습니다. 자기에게 상냥하게 대해 주고, 자기 일을 이해해 주는 사람에게 악의를 품을 사람은 없습니다.

반대로 일방적으로 강요 받게 되면 화가 나고 싫어하게 됩니다. 사람은 누구나 자신의 장점을 알아주길 바라고 괴로움이나 고통을 헤아려 주었으면 하는 욕구가 마음 한구석에 있습니다.

이러한 마음을 이해해 주지 않고 무시해 버린다면 마음의 문을 닫아버리게 됩니다.

K라는 여직원의 예를 들어보겠습니다. 최근 일에 대한 열의와 자신감이 없어지고 가끔 불쑥, "나는 이

자리에 필요 없는 사람인 것 같애." 하고 중얼거리게 된다는 것입니다.

그 이유는 실수를 해도 누구 하나 일언반구없이 차가운 시선으로 바라볼 뿐만 아니라 어쩐지, 제쳐놓은 사람 취급을 받는 듯한 느낌을 가졌기 때문이었습니다.

그런데 사실은 K양 자신이 타인의 입장이나 기분은 알려고 하지 않고, "나는 대단한 사람인데, 아무도 알아주지 않는다."는 자만심을 갖고 스스로 마음의 문을 닫고 있었던 것입니다.

● **힌트** : 마음의 문을 엽시다.

확실한 처방

사무엘 울만이라는 미국 앨라배마의 지방 유지가 80세의 생일을 기념하여 『80년 세월의 꼭대기에서』라는 시집을 냈습니다.

그 책에 실린 '청춘'이란 시가 맥아더 장군의 애송시라는 것이 알려져 많은 일본의 경영자들에게도 알려졌습니다.

그 후 우리나라에서도 많은 경영자들이 애송하고 있습니다.

'청춘이란 나이가 아니라 어떤 마음의 상태'이며, '70세이건 16세이건' 청춘일 수 있다고 했습니다.

그 시집에는 '확실한 처방전'이란 시도 실려 있습니다.

확실한 처방

아침, 눈을 떴을 때
그 날을 시작할 때
이 처방전대로 해보십시오.
확실히 보답이 있을 것입니다.

우선 미소를 지어 보십시오. 입술과 눈으로
그리고 안녕하세요 하고 말해 보십시오.
그러면 행복해지고 현명해집니다.
친절한 말 한 마디가 당신의 인사를 향기롭게 하고
포옹은 그 날을 달콤하게 합니다.
작은 도움은 어둠을 밝게 하고
부드러운 말은 당신의 얼굴을
밝은 장미빛으로 빛나게 합니다.
웃음소리는 당신을 낙담시키려는
그림자를 작게 합니다.

자, 이 처방전대로 해보십시오.
그것은 간단하고 쉽습니다.

심은 씨앗을 풍요롭게 거두어
확실히 더 밝은 날이 됩니다.

자 자, 조금만 웃어 보십시오.
악수하며 미소지어 보십시오.
그 이외의 것은 별로 소용없습니다.
당신이 이 처방전대로 해 본다면.

어떻습니까?
확실한가 아닌가를 처방대로 해 보십시다.

● **힌트** : 밝게 삽시다.

학력과 실력

●

　사람들은 때때로 학력과 실력을 혼동하는 수가 있습니다. 그러나 분명히 알아두어야 할 것은 학력과 실력은 엄연히 구별되어야 한다는 점입니다.

　학력은 좋지만 실력이 없는 사람이 있는가 하면 학력은 보잘 것 없지만 실력은 대단한 사람도 있기 때문입니다. 학력이 좋은 사람 중에는 학력을 간판으로 내세우면서도 학력만 믿고 실력을 쌓지 않는 사람도 많습니다.

　그와 반대로 학력이 모자라기 때문에 더욱 노력해서 학력이 좋은 사람보다 위에 선 분들도 얼마든지 볼 수 있습니다.

　학력이라는 것은 사람을 평가할 때의 참고 사항은

●

될지언정 사람 그 자체는 아닙니다.

좋은 학교를 졸업했다고 해서 반드시 지금도 유능하다고 보기는 어렵고 사회에서 배우는 일 중에는 학교와는 관계 없는 일도 많은 것입니다.

우리 인생은 과거가 중요한 것이 아니라 현재와 미래가 더욱 중요합니다. 학력이란 과거의 기록입니다.

학력이 좋은 사람은 그 과거의 기록을 부끄럽게 하지 않기 위해서도 실력을 쌓아야 하고 학력이 나쁜 사람은 현재와 미래의 기록을 좋게 하기 위해서 실력을 쌓아야 합니다.

● **힌트** : 실력파가 됩시다.

열 번 찍어도 안 넘어가는 나무

어떤 목표를 달성하기 위해서는 남 모르는 노력과 인내력이 필요합니다. 속담에 '열 번 찍어서 안 넘어가는 나무 없다.'고 합니다만, 과연, 열 번이라도 찍어 보는 사람은 몇 명이나 될까요.

미국의 어떤 조사기관에서 세일즈맨의 성과를 조사한 것이 있어서 소개해 보기로 합니다.

48퍼센트의 세일즈맨은 한 번 방문해 보고 나서 포기했고, 25퍼센트의 세일즈맨은 두 번째에 포기했고, 15퍼센트는 세 번째에 포기했다고 합니다.

방문 회수가 세 번 이하인 경우를 합치면 88퍼센트나 됩니다. 나머지 12퍼센트의 세일즈맨이 계속해서 방문을 한 결과 전체 목표의 80피센트를 달성했더라는 것입니다. 그러니까, 나머지 88퍼센트의 사람들은 겨우 목표 달성에 20퍼센트의 기여를 한 셈이 됩니다.

입으로는 "열 번 찍어서 안 넘어가는 나무가 어디 있느냐?"고 하면서도 대부분의 사람들은 두 세 번 찍어보고 "이 나무는 열 번 찍어도 안 넘어가는 나무야." 하면서 일찌감치 포기를 했던 것입니다.

열 번 찍어서 안 되면, 열 두 번 찍는 사람의 성공은, 그런 사람들에게 달려 있는 것은 아닐는지요.

● **힌트** : 계속해서 도전합시다.

고난의 극복

●

어떤 학자가 연구한 것을 보면, 에디슨과 뉴튼은 여러 가지 면에서 공통점을 가지고 있었다고 합니다.

1. 고독을 참는 능력이 뛰어났다. 어릴 때 여러 가지 역경을 만나 고독한 소년 시절을 보냈지만, 두 사람 모두 훌륭히 극복했다는 점.

2. 호기심과 손재주가 뛰어났다.

두 사람의 천재성은 이미 잘 알려진 사실입니다만, 어릴 때부터 다양성과 만능성을 발휘했다고 합니다.

3. 자기를 과소평가하는 경향이 있었다.

자기들의 업적이 굉장한 것이었지만, 스스로는 과소평가하는 경향이 있어서 세상 사람들이 오히려 과대평가하는 일이 많았다고 합니다.

에디슨은 자기가 발명한 것이 '한 백만원 짜리나 될까?'… 하고 생각했는데 사는 사람은 엄청난 돈을 제시한 일이 많았다는 것입니다.

여기서 생각할 것은 인내와 도전으로 역경을 극복한 사람만이 천재성을 내세워서 과시하지 않고 겸허하게 세상을 대했다는 점이 주목할 만하다고 하겠습니다.

우리는 누구나 나름대로의 천재성을 가지고 있을지도 모릅니다. 그러나 좌절하고, 포기하고 역경 속의 고독을 참지 못하면 모처럼의 천재성도 죽고 맙니다.

● **힌트** : 끝까지 밀고 나갑시다.

실패는 좋은 스승

유대인들은 기쁘고 영광스런 날을 기념할 뿐 아니라 패배한 날이나 굴욕스런 날도 기념하고 있습니다. 그들에게 있어 실패는 너무나도 귀중한 교훈인 까닭에 절대로 잊어서는 안 된다고 생각합니다. 실패만큼 좋은 스승, 좋은 학교가 없다는 것입니다.

유태인의 명절 중에 가장 큰 것은 6월절(패스 오버)로서 먼 옛날, 이집트에 노예로 잡혀 있다가 모세의 인도로 홍해와 사막을 건너 이스라엘로 돌아온 날을 기념하는 축제일입니다.

이 날, 그들은 이집트에서 노예로서 학대 받고, 모욕 받은 체험을 어제 일처럼 되새기면서 당시의 쓴 맛을 지닌 잎을 먹고 또 당시의 노예 음식이었던 '맛소'라고 하는 빵을 그대로 만들어 먹습니다. 또 단단하게 찐 계란도 식탁에 올립니다만, 달걀은 찔수록 단단해지므로 고난이나 패배가 거듭될수록 더욱 강해지자는 각오를 뜻합니다.

성공은 사람을 오만하게 만들지만 실패는 사람을 긴장시키고 겸손하게 합니다. 젊어서의 조그마한 성공으로 자만하여 후일 끝내 자신과 주위를 망치고 만 사람은 너무나도 흔하기에 실패를 경험 삼아 겸손하게 재기하려는 자세가 더욱 귀중하다고 하겠습니다.

한 번도 실패하지 않는 사람은 없습니다. 따라서 실패를 부끄러워 할 필요는 없지만, 같은 실패를 되풀이해서도 안 되겠습니다.

유대인 사업가 중에는 실패한 사업의 계약서를 일부러 사무실에 걸어두고 실패에서 배우겠다는 열의를 보이는 사람도 있습니다.

● 힌트 : 실패로부터 성공을 배웁시다.

타인의 행복

●

정신병 환자를 고치는 방법 중에 환자에게 일을 시킨 후 감사하다는 표시를 해서 자기가 한 일이 다른 사람에게 도움을 주었다는 만족감을 갖게 하는 방법도 있다고 합니다.

어떤 작가 한 분은 "도움을 준다는 것은, 사실은 도움을 받는 것."이라고 말씀을 한 적이 있습니다만, 타인을 위하여 무언가를 할 수 있다는 것은 자기 자신만을 생각하는 생활과는 다른 어떤 '기여의 기쁨'을 갖게 된다는 이야기입니다. 그래서 타인을 행복하게 해줌으로써 오히려 자신이 행복하게 된다는 논리가 성립하게 됩니다.

서양에서는 자녀 교육을 할 때 "제가 도와 드릴까요

●

(May I help you)?" 하는 말을 생활화시킨다는 얘기를 들은 적이 있습니다.

어떤 소년은 비행기를 타고 가는 도중 기후가 나빠서 몹시 흔들리자 자기도 멀미로 정신을 못 차리면서 옆 사람에게 틈만 나면 "도와 드릴까요? 제가 도와 드릴까요?" 하고 묻더라는 이야기를 들은 적이 있습니다.

자기 중심주의는 어린 시절에 특히 강하다가 나이가 들어가면서 다시 말씀드리면 정신적으로 성숙해가면서 엷어져서 타인이나 세계의 존재 가치를 인정하게 됩니다.

세상을 삭막하다고 생각하느냐, 인정이 있는 따스한 세상이라고 생각하느냐는 세상 그 자체보다는 본인의 마음가짐과도 관계가 큽니다.

타인의 행복을 생각하는 마음 그것이 세상을 따뜻하게 해 줍니다.

● **힌트** : 타인에 대한 배려를 잊지 맙시다.

어떤 미소

어떤 남자가 자동차로 자살을 하려고 차를 몰고 나왔습니다. 고속도로를 맹 스피드로 달리다가 바위에 달려들거나 벼랑이나 강으로 날아들 생각을 했던 것입니다.

시내의 교차로에서 빨간신호에 걸려 기다리고 있는데 제대로 신호를 보지 못한 차가 자기 차 앞에서 급정거를 하는 것이었습니다.

그 차를 운전하던 아가씨가 얼굴을 붉히며 미소를 보내고 있었습니다. 다시 길이 풀려 서로 제 갈 길을 가기 시작했습니다.

고속도로를 달리는 도중에도 그 아가씨의 미소가 계속 머리에 떠오르는 것이었습니다.

"이 따위 쓸모 없는 인간에게도 미소를 보내는 사람이 있다니!"

남자의 마음이 흔들리기 시작했습니다.

"어쩌면 이 세상은 살만한 가치가 있을지도 모른다!"

남자는 다시 시내로 돌아와서 자기를 치료하던 정신과 의사에게 전화를 걸었습니다.

"어떤 여성의 미소가 제게 살아야 할 이유를 깨우쳐 주었습니다. 이제부터는 선생님의 치료가 필요없게 되었습니다."

정신과 의사도 구제하지 못한 그 남자의 마음과 생명을 가벼운 미소 하나가 구원했던 것입니다.

이 세상에는 작은 친절, 작은 마음 씀씀이가 큰 감동을 일으키는 일이 많습니다. 무언(無言)의 작은 행동이 어떤 웅변보다 큰 결과를 낳는 일도 많습니다. 한순간의 작은 일이 모여서 큰 업적이 됩니다.

● 힌트 : 작은 정성도 소홀히 하지 맙시다.

82

자식 농사

●

로마의 명문 가 크라크스의 집에 명사들의 부인들이 모여서 서로들 보석 자랑을 하고 있었습니다. 그러나 크라크스의 부인 코르네리아만은 다른 사람의 보석 구경을 하면서 미소만 짓고 있었습니다.

다른 부인들이 코르네리아에게도 보석 자랑을 하라고 졸랐습니다. 부인은 처음에 사양을 하더니 재촉에 못 이겨 옆방으로 가서는 두 아들의 손목을 잡고 걸어 나오는 것이었습니다.

"이 애들이 우리집의 보석입니다."

이들 형제는 훗날 호민관(護民官 : 귀족에 대하여 평민의 권익을 보호하기 위하여 만든 최고 관직)에 오른 크라크스 형제였습니다.

●

우리는 한석봉韓錫奉의 어머니나 맹자孟子의 어머니가 어떻게 자식을 가르쳤는지 알고 있습니다. '맹모삼천孟母三遷'이란, 집이 묘지 가까운 곳에 있자 장례식 흉내를 내고 시장 가까이 있자 장사꾼의 흉내를 내기 때문에 서당 옆으로 이사를 해서 학문의 길로 인도했다는 이야기였지요.

부동산 투기가 한창일 때 학군이 좋은 고급 아파트촌으로 이사를 해서 치부를 하는 경우를 가리켜서 맹열한 어머니란 뜻으로 또다른 맹모삼천이라고 비꼰 사람도 있었습니다만, '자식농사'란 무조건 '잘 되라, 잘 되라'고 치켜 세우거나 환경이 좋은 곳으로 이사를 가는 것만이 능사가 아니라 한석봉의 어머니처럼 모범을 보이며 자극과 격려를 아끼지 않는 일, 바로 그런 것이 아닐런지요.

● **힌트** : 자녀 교육에 충실합시다.

물이 맑으면

●

'물이 너무 맑으면 물고기가 없고, 사람이 너무 살
피면(察 : 꾸짖으면) 무리輩가 없다.'고 합니다.

중류수처럼 물이 너무 맑으면, 먹이도 없고 산소도
없습니다. 또 풀이나 돌이 없으면, 숨을 곳도 없고 알
을 낳을 곳도 마땅치 않겠지요.

'청수무어清水無魚' 또는 수청水青이면 무대어無
大魚라고도 합니다만, 이 말은 사람이 결벽할 정도로
너무 맑고 고결하면 사람이 모이지 않는다는 뜻으로
사용되는 말입니다.

맑고 고결하다는 것이 흠이라고할 수는 없겠습니다
만, 때로는 도가 지나쳐서 포용력이나 인간미를 잃어
버려서 그릇이 작은 사람이 되는 경우도 있기 때문에

●

문제입니다. 혼자만이 고고하고, 깨끗하고, 대단하다고 생각하다보면 다른 사람은 모두가 모자라고, 불결한 사람으로 보이게 마련이지요. 그래서 남을 평가할 때 지나치게 비판적이거나 원리 원칙만 적용하려는 경향까지 나타납니다.

사람은 누구도 완전한 100점 짜리가 없습니다만, 스스로 100점이라고 생각하는 그 결벽성이 결점이 되는 것입니다. 개성이나 고결함을 잃지 않고도 포용력과 유연성을 가지는 것이 인간미 넘치는 '참 맑은 물'이 아닐는지요.

그러나 포용력과 유연성을 갖는다는 명목으로 적응이나 동화가 지나쳐서 썩어버리는 일이 있어서는 곤란하겠지요. 왜냐하면 썩은 물에도 고기가 살지 않으니까요.

● **힌트** : 친화력을 가집시다.

하루가 모이면

'티끌 모아 태산'이라는 속담은 재물을 비롯한 물질적인 것만이 아니라 생활 습관에 대해서도 말할 수 있습니다.

그래서 하루 하루의 좋은 행동이 모이면 좋은 습관이 되고, 좋은 습관은 성공적인 인생을 만듭니다.

'매일의 행위가 운명을 만든다'는 말도 있습니다만, 매일 조깅을 해서 건강을 유지하는 것도 좋은 예이고, 매일 조금씩 외국어를 공부해서 유창하게 회화를 할 수 있게 되는 것도 마찬가지입니다.

이처럼 우리의 사회 생활에는 작은 듯 보이면서도 조금씩 쌓여서 큰 업적이 되는 것이 많습니다.

우리가 하는 하루 하루의 아침 조회도 귀찮거나

하찮은 일로 생각하는 분이 계실지 모르겠습니다만 조깅이나 회국어 공부에 못하지 않게 하루를 뜻있게 시작케하는 귀중한 시간입니다.

'구르는 돌은 이끼가 끼지 않고 흐르는 물이 썩지 않는다.'고 했습니다. 꾸준히 계속해서 반복하면 자신이 붙고 힘이 솟아납니다. 꾸준히 운동을 하면 근육이 붙고 기량이 느는 것처럼 말씀이지요.

● **힌트** : 하루의 시작을 밝게 해 나갑시다.

하찮은 일

·

　자기 일에 불만이 많은 대부분의 사람들은

　"자신의 희망이 받아들여지지 않았다."

　"자신의 실력은 무시하고 하찮은 일만 시킨다."

　"업무가 자신에게 맞지 않는다."

고 생각하는 경향이 많다고 합니다.

　모든 면에서 만족한 직장, 그런 이상적인 직장은 아무데도 없을지 모릅니다. 마치 결혼과 같아서 처음부터 완전한 상대는 없고 결혼 생활을 통하여 서로 참고 노력하는 동안에 완전해지는 것처럼 자기와 직장과의 관계도 인내심과 이해심이 필요합니다.

　한때는 일부러 어려운 일을 시키건 하찮은 일을 시켜서 인간을 강하게 키우는 회사도 많았습니다. 마치 사자가 어린 새끼를 벼랑에서 굴러 떨어뜨리는 것처럼 말입니다. 아니, 이 간단한 일들이 사실은 사회생활의 기초입니다.

"나는, 대단한 사람인데, 이런 일을 시키다니!" 하는 오만함이나 수치심을 가져서는 안 되겠습니다.

지금, 여기 주어진 일에만 구애되지 말고 큰 조직 속의 일원으로서 더 큰 일을 배우기 위해서는 작은 일도 열심히 하겠다는 의욕과 패기를 가져야 합니다.

작은 일도 잘못하면서 큰 일을 할 수는 없기 때문입니다.

● **힌트** : 먼저 기초를 몸에 익힙시다.

파랑새 증후군

행복이라는 파랑새를 찾아서 오누이가 온갖 고초를 겪으며 헤매고 다녔습니다만, 결국은 돌아와 보니 파랑새는 자기 집에 있었습니다. 이처럼 우리 주위에는 가까이에서 보람을 찾지 않고 다른 곳, 먼 곳, 더 멋진 곳을 찾아 다니는 사람도 많습니다.

"나는 머리가 좋다."

"나 정도면 어디를 가든 실력을 인정 받는다."

"지금은 잠시 여기 있지만, 다른 곳에서 진짜로 인정 받을 날이 온다."고 스스로를 위대한 인간으로 그려놓고는, 자신의 그림에 홀려서 현실에 충실하지 않는 사람들 말씀입니다.

그래서 직장을 옮긴다든지 좀 더 공부를 해야겠다

는 목적으로 직장을 그만두는 사람도 있습니다. 그러나 곧 실망과 환멸감으로 후회하는 경우도 봅니다. 물론, 진정으로 좀 더 높은 곳을 향하여 용기를 내어 새로운 도전을 한다는 것은 좋은 일입니다.

괴테는 말했습니다.

'인간은 노력하는 한 방황하는 법' 이라고요.

그러나, 때로는 명목은 그럴 듯하지만 실제로는 현실에 적응하지 못하고 현실을 도피하면서 표면으로는 그럴 듯한 애드벌룬을 띄우는 분들도 많은 것입니다.

이런 사람들이 가진 문제점을 '파랑새 증후군'이라고 부르기도 합니다만, 우스갯 말로, '예스 맨 이즈 노 맨 고우(Yes man is no man go)'라는 말도 있듯이 현실을 '예스'라고 생각하는 사람, 긍정적인 사람은 살아남고 현실을 '노'라고 생각하는 사람, 뿌리를 내리지 못하는 사람은 급료를 축내지 말고, 하루 빨리 '고우' 하는(떠나는) 것이 신사답다 할 것입니다.

● **힌트** : 현실에 뿌리를 내립시다.

장미의 가시

영국의 시인 밀턴이 눈이 멀어서 구술하여 받아 쓰게 한 그 유명한 작품에 『실락원』과 『복락원』이 있습니다.

그는 초혼에 실패하고 마흔 살이 넘어서 다시 결혼을 했다고 합니다.

어느 날 친구가 밀턴의 부인을 보고 "대단한 미인이군요. 마치 장미 같습니다." 하고 말하자, 밀턴이 대답했습니다.

"나는 색깔을 볼 수는 없지만, 아마 장미는 장미인 모양입니다. 콕콕 찌르는 가시가 있으니까요."

아름다운 장미에 가시가 있다는 사실을 두고 밀턴의 아내처럼 미인이지만 성격이 표독한 경우에 비유로써 회자되기도 합니다.

그런데 호사다마(好事多魔 : 좋은 일에 나쁜 일이 끼인다)의 예로 사용하기도 합니다.

감언이설 뒤에 음험한 모략이 숨어 있다든지 겉은 화려하고 좋아보이지만, 실상은 어떤 위기가 도사리고 있는 경우를 가리키기도 합니다.

거안사위(居安思危 : 편안할 때에 위험한 때를 생각함)의 교훈은 말로 들으면 수긍이 가지만, 실제로는 실행하기가 어렵습니다.

꽃놀이에 빠져서 가시의 존재를 망각하게 되면 본의 아니게 상처를 입고, 곪고, 터지고, 파멸을 맞게 됩니다.

장미를 보면 가시의 존재를 생각할 줄 아는 것도 화를 미연에 방지하는 인생의 지혜입니다.

● **힌트** : 위기 대처 능력을 기릅시다.

세 가지 유혹

경험 철학자로 유명한 프란시스 베이컨이 다음과 같이 말한 적이 있습니다.

"인간에게는 세 가지 유혹이 있다. 거칠은 육체의 욕망, 제 잘났다고 거들먹거리는 교만, 졸렬하고 불손한 이기심, 이 세 가지가 그것이다.

이로 인하여 모든 불행이 과거에서 미래까지 영원히 인류의 무거운 짐이 되고 있는 것이다. 이 세상에서 이 세 가지 육욕과 교만과 이기심이 없었다면 완전한 질서가 지배하였을 것이다.

그런데 이러한 무서운 병, 누구나가 모두 마음 속에 지니고 있는 이 싹에 대하여 우리가 취해야 할 수단은 무엇일까? 그것은 제각기 닦아야 할 수양밖엔 없는 것이다.

　인간의 마음이란 때로는 가장 완성된 상태에 있으며 또 때로는 가장 부패한 상태에 있다. 좋은 상태에 있을 때 조심해서 그 상태를 유지하면서 악한 것을 몰아내야 한다."

　물론 이 세 가지 이외에도 많은 유혹이 있을 수 있겠습니다만, 참다운 인생이란 유혹과 싸워 나가는 과정이라고 해도 과언이 아닙니다.

　자기 자신을 위해서나, 사회를 위해서 어떻게 절제해 가느냐가 중요하다 하겠습니다.

● 힌트 : 부패와 악을 추방합시다

열등감 컴플렉스

●

우월감과 열등감은 종이 한 장 차이라는 말도 있습니다만, 우리는 누구나 어떤 종류의 우월감 또는 어떤 종류의 열등감을 갖고 있는 것이 보통입니다.

우월감이건 열등감이건, 너무 심할 경우에 문제가 됩니다만, 특히 열등감은 처리 방법에 따라서 인생 자체가 달라지는 경우도 많습니다.

심리학자 아들러는 '열등감'과 '열등 컴플렉스'를 구별해서 열등감은 누구나 갖고 있는 감정이지만, 열등감이 비뚤어진 것이 열등 컴플렉스라고 정의했습니다.

모든 인간의 진보는 열등감을 극복하려는 노력으로 이루어진 것이지만, 열등 컴플렉스는 사회에 기여하기보다는 해를 끼치는 경우로 나타나기 쉽다고 합니다.

●

열등감 컴플렉스가 생기는 원인으로는 ① 신체적으로 어떤 부분이 열등한 경우 ② 응석받이로 자란 경우 ③ 미움을 받으면서 자란 경우 등을 들고 있습니다만, 열등 컴플렉스를 가진 사람의 성격적 특징은 지나치게 권위주의적이고, 질투나 경쟁의식이 강하고 남을 믿지 않고, 자기 중심적인 면이 강하다고 합니다.

우월감과 욕구가 지나치게 강하기 때문에 우월하다는 점을 보이려고 지나치게 힘을 쏟는 경향도 나타납니다.

신체적인 열등감만이 아니라 '머리가 나쁘다, 재산이 없다, 애인이 없다.'는 등 열등감은 누구에게나 있을 수 있습니다만, 열등한 점을 열등 컴플렉스로 악화시키지 않고 그것을 극복해서 위대한 업적을 남긴 사람도 얼마든지 있다는 점을 상기할 필요가 있다 하겠습니다.

● **힌트** : 열등감을 극복합시다.

칼로 물베기

●

'부부 싸움은 칼로 물베기'라고 합니다. 부부관계란 그 만큼 화해를 하기 쉽다는 뜻으로 쓰입니다만, 때로는 돌이킬 수 없는 파탄으로 치닫기도 해서 주위를 안타깝게 합니다.

미국 여성지 『매콜』에 소개되었던, 부부생활의 아이디어라는 걸 들어보시면 많은 참고가 되리라고 생각합니다.

① 우선 배우자의 좋은 점을 강조해 줄 것
② 배우자의 결점을 건드리지 말 것
③ 결혼하기 이전의 일을 들추어서 비교하지 말 것
④ 집 밖에서 불쾌한 일을 당했다고 해도

●

집에 와서 풀지 말 것

⑤ 자기가 원하는 것이 무엇인지도
분명하게 알려 줄 것

⑥ 자기가 원치 않는 것이 무엇인지도
분명하게 알려 줄 것

⑦ 부부간에 문제가 있으면
그 원인을 확실히 밝히도록 할 것

⑧ 사소한 일로 다투지 말 것

⑨ 정기적으로 대화 시간을 갖도록
억지로라도 노력할 것

⑩ 그래도 쉽게 해결되지 않을 때는
다른 사람과 상의를 해서라도 해결책을 찾을 것

지금까지 말씀드린 열 가지를 충실히 이행하면 부부생활이 보다 원만해진다는 충고입니다.

사실, 이론적으로 설명을 하는 걸 들으면 모두가 그럴 듯하지만, 실제로는 행하기가 쉽지 않은 것도 사실입니다. 그렇지만, 어렵다고 해서 자기식대로 살다보면 뜻하지 않은 결과가 될 수도 있습니다.

부부관계만이 아니라, 모든 인간관계가 그렇지만 서로 참고, 사랑하고, 이해하려고 노력하는 자세가 필요하다 하겠습니다.

같은 직장 안에서 위의 요령 중에서 몇 가지만이라도 적용해 본다면 해결책이 나올지도 모르겠습니다.

자, 우리의 인간관계는 어떤지 되돌아 봅시다.

● **힌트** : 원만한 인간관계를 만듭시다.

자기 반성

옛날 희랍의 철학자이자 수학자였던 피타고라스는 수학에서는 피타고라스 정리定理를 발견한 것으로 유명하지만, 역사상 위대한 스승으로도 이름을 날린 분이었습니다.

피타고라스는 제자들에게 매일 밤 그날의 일과를 되돌아보고 다음 사항들을 체크해 보도록 시켰다고 합니다.

'오늘의 공부는 과연 성공적으로 치루었는가?'

'더 배울것은 없었는가?'

'더 잘 할 수는 없었는가?'

'게으름을 피운 일은 없었는가?'

이처럼 매일매일 하루를 반성하게 했기 때문에 모

두가 대단한 인재들이 되었다는 것입니다.

　공부를 하는 학생들도 물론이지만, 사회 생활을 하는 우리들로서도 매일 저녁 이와 같은 반성을 한다면 확실이 인생은 달라질 것입니다.

　공부라는 말 대신에 '일'이라는 말로 바꾸어 생각하면 모든 사람들에게 해당됩니다.

　우리의 선조들도, '하루에 세 번 반성하라.'고 해서 일일삼성一日三省이라든지 '내 몸은 세 번 돌아보라.'고 해서 삼성오신三省吾身이라는 말씀을 남겼습니다만, 반성하고 개선하는 마음의 자세 그것이 우리에겐 부족하지나 않은지요.

● **힌트** : 반성하는 습관을 가집시다.

샌드위치 병

빵과 빵 사이에 야채나 햄 같은 것을 끼운 음식이 샌드위치입니다. 이 샌드위치는 영국의 귀족, 샌드위치 백작의 이상한 버릇에서 유래되었다고 합니다.

샌드위치 백작은 노름을 어찌나 좋아했든지 며칠이고 밤을 세워가며 노름을 했다는 것입니다만, 식당에 가는 시간도 아깝고 손에 나이프나 포크를 들면 노름을 할 수 없는지라 식탁에 앉는 시간조차 아까워서 꾀를 냈다는 것입니다. 한 손으로 빵이며 고기며 야채를 한꺼번에 먹을 수 있는 방법, 그래서 빵 사이에 끼워서 먹는 음식을 생각하게 되었고, 뒤에 그 사람의 이름을 따서 샌드위치라는 이름이 된 것입니다.

이처럼 샌드위치는 두 가지 사이에 끼여 있는 상태

를 나타내게 되어서 샌드위치 맨이라는 말까지 생겨나게 되었고, 직장의 경우를 보면, 상사와 부하 사이에 끼어 있는 중간관리자가 샌드위치적인 존재라고 할 수 있습니다.

이러한 샌드위치적인 상황이 여러 가지 정신적인 문제를 야기시켜 이른바, 중간관리직 증후군을 일으킨다고 합니다.

연령적으로 중년기가 되면 우울증이나 노이로제에 걸리는 일이 많은 데다가 상하에서 압력을 받다보니 몸과 마음이 괴로운 때가 생깁니다.

중간관리직에 계시는 분으로서 만일 우울증, 식욕감퇴, 불면증 등의 증상이 나타나면, "아하, 내가 샌드위치병에 걸렸구나!" 하는 자각과 함께 극복하기 위한 마음의 자세를 갖추시고, 부하나 상사 중에 그런 증상을 보이는 분이 계시면, 따뜻한 눈으로 부담을 덜어주는 것도 좋은 일이 아닐런지요.

● 힌트 : 인간 샌드위치를 만들지 맙시다.

작은 구멍

●

'작은 비용이라도 줄여라. 물이 새는 작은 구멍이 거대한 배를 침몰시킨다.'(프랭클린)

누구나 낭비라는 말은 싫어합니다. 그러나 자기도 모르게 낭비를 하는 경우도 많습니다. 어떤 사람은 낭비나 과소비라는 것을 알면서도 습관적으로 돈을 함부로 쓰는 사람도 있습니다.

어떤 때는 무심코 돈을 쓰고 보면 낭비인 경우도 있습니다. '벌기는 어렵고, 쓰기는 쉽다.'는 말도 있듯이 자칫 방심하면 낭비가 되고 맙니다.

개인이건, 직장이건, 국가건 결과는 마찬가지입니다. 작은 낭비가 모여서 큰 손실이 되는 것입니다. 그러나 여기서 말씀드리는 작은 구멍이란 비용의 문제

●

에만 국한되는 것은 아닙니다.

한비자韓非子는 '천장千丈의 제방도 개미 구멍 하나로 무너진다.'고 해서 무슨 일에서건, 아무리 작은 일이라도 소홀히 해서는 안 된다는 것을 강조했습니다. 누구나 큰 구멍은 겁을 내고 무리를 해서라도 막으려고 할 것입니다.

유비무환有備無患이라는 말을 미리 충분히 준비를 하고 대비를 하면 훗날의 화근이 없어진다는 뜻이지요. 그렇다면, 우리의 주위에는 어떤 구멍이 뚫려 있는 것일까요?

● **힌트** : 작은 것이라도 소홀히 하지 맙시다.

공무원 기질

●

그야말로 국가와 민족을 위해서 일하는 분들도 많습니다. 청렴 결백하게, 원리 원칙에 입각해서 국민을 위해서 몸과 마음을 바치는 분들 말씀이지요.

그러나 그렇지 못한 분들도 적지 않은 것이 현실입니다. 부정을 조장하고 이권에 개입해서 사리사욕을 앞세우거나 부정은 하지 않지만, 변화를 싫어하고 대과大過없이 자리만 지키면 된다고 생각하는 분들 말씀이지요.

관청에 납품하는 어떤 업자의 말이 생각납니다.

"관공서와 거래를 하다보면, 10년 전이나 하나도 변한 것이 없어요. '같은 값(예선)이면, 좀 더 멋지게 합시다.' 하고 말하면 목에 힘을 주면서, '조금 좋아진다

●

고, 누가 상을 주나요? 지금까지 하던대로 해요. 공연히 변경을 해서 본전도 못 찾는 경우가 많아요.' 하는 거예요"

한편, 외교관 생활을 경험한 어떤 분의 말이 생각납니다.

"선진국에서는 공무원들도, 일반 기업체 못지 않게 개선을 하고, 변신을 하고 좀 더 부드러운 정부의 모습을 보이려고 노력을 합니다."

그러나, 과연 공무원만 그런 것인지, 우리도 생각해 봅시다.

● 힌트 : 관료의식을 버립시다.

지금 곧 말하라

●

　동양 사람들은 감정 표현이 약한 편입니다. 이심전심以心傳心이라든지, 무소식이 희소식이라는 식으로 표현을 하지 않아도 알아들어야 한다고 생각하는 편입니다.

　다음의 시는 「지금 곧 말하라」라는 무명 시인의 시입니다만, 느끼는 바가 많습니다.

　따뜻한 말 한마디
　고백하고픈 사랑의 말 한마디
　잊어버릴 때까지 기다리지 말라.
　오늘 곧 속삭이라.

●

말하지 못한 따뜻한 말 한마디
부치지 않은 편지
오랫동안 잊고 있었던 소식
다하지 못한 사랑

이것들이 많은 가슴을 찢어지게 하고
이것들이 사랑하는 사람들을 기다리게 한다.
어서 그들에게 주라. 필요로 하는 이들에게
너무 늦어버리기 전에.

우리는 혹시 잊어버리고 나서 또는 너무 늦어버린
때에 후회한 일은 없었는지요.

● **힌트** : 즉시 행동합시다.

대접 받는 법

한때 공자가 자공子貢과 자로子路를 데리고 다니다 길을 잃어 산간 오두막집에서 쉬게 되었습니다.

늙은 주인은 콧물을 들이마셔가며 흙냄비에 좁쌀죽을 끓여 이 빠진 그릇에 받아 대접했습니다.

더러운 주인의 손이나 그릇을 본 제자들은 감히 먹을 엄두도 못 냈는데 식성이 까다롭기로 유명한 공자는 맛있게 받아먹었습니다.

"너희들은 이 빠진 그릇이나 콧물밖에 보지 못하고, 그 노인의 성의와 친절을 받아들이지 못하다니 슬프구나. 대접은 할 줄도 알아야 하지만 받을 줄도 알아야 한다."

이에 비하면 작곡가 쇼팽이 속좁음(?)이 보이는 일화도 있습니다.

어느 날 억지로 쇼팽을 초대한 사람이 식사가 끝나자 피아노 연주를 부탁했습니다. 어떤 곡의 마지막 부분을 연주하고 일어서자, 집주인이 말했습니다.

"아이고 어쩌면 그렇게 짧은 곡일까요?"

"미안합니다. 그만큼밖에 대접을 받지 못했기 때문입니다."

황금률黃金律은 '네가 남에게 대접 받고 싶은 대로 먼저 남에게 행하라' 하는 것입니다. 서양에서는 공자식으로 '원하지 않는 것을 남에게 하지 말라' 하는 소극적인 것은 은률銀律이라고 부릅니다. '행하라'와 '하지 말라'의 차이입니다.

공자는 '네가 원하지 않는 것을 남에게 하지 말라(己所不慾 勿施於人)'고 했는데, 이 말이 서恕라는 말을 설명하고 있다고도 합니다. 서는 인仁이라는 말로 바꾸어도 됩니다. 타인에 대한 배려, 인간으로서의 공감, 연대감입니다.

● 힌트 : 황금률을 실천합시다.

113

칭찬의 명수

●

위에 있는 사람은 항상 인재를 양성하겠다는 생각을 하지 않으면 안 됩니다.

어떤 프로 야구팀 감독의 말에 의하면 실력을 발휘하게 하는 방법 중에 칭찬이 가장 효과가 있었다고 합니다.

"자네는 콘트롤이 나쁘군, 공은 빠른데."라고 말하는 것과 "훌륭해, 강속구를 가지고 있군. 거기에 콘트롤만 있으면 되겠어."라고 말하는 것과는 결과가 전혀 다르다는 것입니다.

먼저 장점을 칭찬하고, 다음에 단점을 고치도록 하면 연습에 임하는 태도가 벌써 달라진다는 것입니다. 이와 반대로 먼저 결점을 지적하면 자신을 잃어 공의

●

속도마저 떨어지고 만다는 것입니다.

그러나 칭찬만으로 사람을 키울 수는 없습니다. 때로는 질책도 필요합니다. 이때 '화'를 내지 말고 오로지 상대를 위해서 꾸짖는다는 자세가 필요합니다. 그럴때 아무리 심하게 꾸짖어도 상대는 반드시 알아듣고 이해합니다.

인간은 아무리 나이가 들어도 칭찬 받는 것 만큼 힘이 되는 것은 없습니다. 칭찬과 꾸짖음을 적절히 사용하면 우수한 인재가 저절로 태어납니다.

● **힌트** : 칭찬의 명수가 됩시다.

어느 고교 교사

•

일생 동안을 고등학교의 철학 교사로 재직하면서 수많은 엣세이를 남긴 알랭이라는 사상가는 본명인 에밀 오귀스트 샤르티를 대신해 알랭이라는 이름으로 널리 알려져 있습니다.

고등학교 때 쥴라뇨라는 철학 교사로부터 깊은 영향을 받아서 자기도 철학 교사가 되기로 결심하고 고등사범학교로 진학하여 드디어 교사가 됩니다.

서른여덟 살 때 「르앙 신보」라는 신문사의 의뢰를 받아 프로포(Propos : 어록) 형식의 짧은 엣세이를 발표하면서 알랭(Alain)이라는 필명을 쓰게 됩니다.

프로포 형식으로 된 3천 편 이상의 글과 철학 이외의 다양한 분야를 설립하여 많은 책을 썼습니다만, 특히 『인간론』·『행복록』·『교육론』 등이 유명합니다.

65세가 되어 정년 퇴임을 하자 소르본느 대학을 비롯한 유수의 대학들이 초빙을 하려 했지만 고교 교사로 족하다고 거절을 했습니다.

일흔 아홉 살이 되던 해에 결혼을 하고 여든세 살에 세상을 떠났습니다.

그의 사상은 인간에 대한 애정과 우정의 따스함이 흐르고 의욕의 가치를 높이 평가하여 사람들에게 용기를 심어 주려고 노력한 것으로 평가 받고 있습니다.

인간에 대한 깊은 통찰과 사랑을 담은 그의 글과 끝까지 고등학교 교사로 만족한 천직 의식이 새삼 돋보이는 인물이라 하겠습니다.

● **힌트** : 직업의식을 공고히 합시다.

내일이 없다면

"내일, 세계의 종말이 온다고 해도 나는 오늘 사과 나무를 심겠다."고 한 스피노자의 말은 너무나 유명한 말입니다만, 내일이 아니라, 만일 오늘 세계의 종말이 온다고 하면, 우리는 지금 무엇을 해야 할까요.

친구들과 술이나 실컷 마시겠다. / 있는 돈을 전부 쇼핑하는 데 쓰겠다. / 식구들과 맛있는 음식을 배불리 먹겠다. / 애인을 만나겠다. / 자선 사업을 하겠다. / 기도를 하겠다. 마지막으로 효도를 하겠다….

이 정도의 희망은 고사하고 너무 막막해서 정신 이상이 되는 사람도 있을 지 모르겠습니다. 흔히들 내일이면 어떻게 되겠지 하는 막연한 생각을 하면서 뒤로 미루는 일이 많습니다만, 내일이 없다고 생각하고 보면 뜻 있는 일을 하겠다는 사람과 과소비와 퇴폐적인 일을 하겠다는 사람으로 나뉠 것입니다.

그리고 하고 싶었던 일을 어제까지 마치지 못한 사람은 통한의 눈물을 흘릴지도 모릅니다.

그래서 클리라는 사람은 이런 말을 했습니다.

"내일은 어떻게 되겠지… 하는 생각은 바보짓이다. 오늘조차도 너무 늦은 것이다. 어제까지 일을 끝낸 사람이 현명한 것이다."

자, 만일 내일이 없다면, 우리는 무엇을 해야 할까요.

● 힌트 : 뒤로 미루지 맙시다.

일의 주인

●

'일의 노예가 되지 말고, 일의 주인이 되라.'는 말이 있습니다. 누가 시킨다고 하여, '시키니 어쩔 수 없이 한다.'는 노예적 사고 방식을 버리고 '이 일은 내가 할 일'이라는 마음가짐으로 열심히 일하는 마음의 자세가 주인 의식입니다.

돈(월급)을 받기 위해서는 하는 일과 자신이 하지 않으면 안 된다는 사명감에서 하는 일은 책임감의 폭과 깊이가 크게 다릅니다.

돈을 받기 때문에 일한다는 마음가짐을 샐러리맨 근성이라고 부릅니다만, '내가 아니면 누가 하랴.' 하는 의식은 가정 주부와 가정부의 경우를 보면 쉽게 알 수 있습니다.

●

주부가 하는 일은 힘들지만, 거기에는 사는 보람이 있습니다. 그러나 가정부가 하는 일의 종류는 같지만, 일을 하는 마음가짐과 의욕에는 큰 차이가 있습니다.

조직의 말단으로부터 출발하여 톱의 자리까지 올라간 사람들은 대부분 주인 의식을 가지므로 해서 성공한 좋은 사례가 됩니다.

국가 공무원의 말단 직원으로부터 시작하여 장관까지 된 사람이 있고 밑바닥에서 출발한 메이저 영국 수상은 인간 승리의 좋은 표본입니다.

성공한 사람은 누구를 막론하고 성공의 정도에는 차이가 있지만, 주인 의식이 있었기에 성공한 것입니다. 주인 의식은 성공을 위하여 내딛는 첫 출발점이 됩니다.

● **힌트** : 일의 주인이 됩시다.

역경의 극복

●

이 세상에는 신체나 정신이 불완전해서 고통 받는 사람들도 많습니다.

눈이 보이지 않거나 귀가 들리지 않거나 말을 더듬거나 전혀 못하는 사람에다가 사고로 신체가 부자유한 사람도 있습니다.

외국에서는 이런 사람들을 장님, 귀머거리, 벙어리라고 하지 않고 신체가 부자유한 사람이라고 부르고 있습니다.

헬렌 켈러는 태어나면서부터 열병에 걸려서 눈과 귀가 부자유스럽게 되어버렸습니다. 귀가 들리지 않다보니 말도 배우지 못했습니다. 그러나 앤 설리번이라는 선생님의 지도로 읽고, 쓰고, 말하는 법을 배워서

●

세계적으로 유명한 인물이 되었습니다.

"희망은 인간을 성공으로 인도하는 신앙이다. 희망이 없으면 아무 것도 이룰 수도 없다."고 한 헬렌 켈러는 귀가 멀고도 위대한 작곡을 한 베토벤을 생각하고 눈이 멀고도 『실락원』이라는 명작을 쓴 밀턴을 생각하면서 역경을 극복했다고 합니다. 신체가 부자유스러우면서도 큰 업적을 남긴 사람은 그 외에도 많습니다.

눈이 보이지 않았던 시인 호머도 있고, 귀가 잘 들리지 않았던 에디슨도 있습니다. 『돈·키호테』를 쓴 세르반테스는 말을 더듬었지만, 나중에는 유명한 웅변가가 되었습니다.

헬렌 켈러는 말했습니다.

"나는 눈과 귀는 잃었지만, 정신만은 잃지 않았다."

● 힌트 : 역경을 정신력으로 극복합시다.

위대한 스승

●

헬렌 켈러를 위대하게 만든 것은 본인의 의지력과 노력 이외에 앤 설리번이라고 하는 헌신적인 스승의 공이 컸습니다.

앤 설리번도 태어날 때부터 눈이 아주 나빴습니다. 수술을 받고, 어느 정도 시력을 회복한 설리번은 눈이 불편한 사람을 위하여 일생을 바치기로 결심했습니다.

헬렌이 앤을 만나게 된 것은 큰 행운이었으며 희망찬 운명이었습니다.

고집 세고 비뚤어진 헬렌 켈러를 가르치기란 거의 불가능해 보였습니다. 그러나 앤은 굴하지 않았습니다. 때리기까지 하면서 글자를 가르치고 말을 가르쳤습니다. 만일, 앤의 집념과 투지가 없었더라면 헬렌

●

켈러라는 인물은 없었을지도 모릅니다.

그 후 49년 간을 스승과 제자로서, 때로는 친구로서 그들은 함께 살았습니다. 그런데 그들에게 불행이 닥쳐왔습니다.

앤이 눈이 다시 나빠져서 보이지 않게 된 것입니다. 이번에는 헬렌 켈러가 헌신적으로 스승을 돌보면서 어릴 때 배운 방식대로 힘과 용기를 돌려드렸습니다.

앤 설리번은 위대한 제자를 남겨놓고 세상을 떠났습니다. 헌신적인 봉사가 큰 일을 이룬다는 것을 보여준 또 하나의 인물이 말씀입니다.

● **힌트** : 헌신적인 자세로 큰 일을 이룹시다.

거짓말 간파법

"누군가가 거짓말을 하고 있다고 의심이 갈 때 그냥 믿는 체하는 것이 좋다. 그러면 더욱 대담해져서 심한 거짓말을 하여 정체를 폭로한다."

이 말은 철학자 쇼펜하우어가 한 말입니다만, 그냥 믿는 체하기에는 상황이 급박하거나 속이 뒤집히는 일이 있으니 그것이 문제입니다.

미국의 한 심리학자가 거짓말을 간파할 수 있는 방법이라는 것을 발표한 것이 있어서 소개해 드립니다.

캘리포니아 대학의 폴 에크먼 교수는 『거짓말하기』라는 책에서 거짓말을 하거나 상대방을 속이려는 사람은 자신도 모르는 사이에 부자연스런 행동을 하게 된다고 소개하면서 행동 유형을 미리 파악하고 있으면 상대방이 거짓말을 하는 것인지, 안 하는 것인지의 여부를 쉽게 가려낼 수 있다고 합니다.

거짓말하는 사람의 얼굴에는 24분의 1초라는 상당히 짧은 순간 동안 표정에 미세한 변화가 나타난다고 하는데 에크먼 교수가 소개하고 있는 그 행동의 유형을 보면 첫째로, 과장된 웃음이나 놀란 표정을 짓고 둘째로는, 몸짓과 얼굴 표정이 일치하지 않고 셋째는, 좌우의 얼굴 표정이 다르고 넷째는, 목소리까지도 부자연스럽다고 합니다.

그런데, 한 가지 더 주의할 것은 보통 대부분의 사람들은 놀랄 때나 웃을 때의 표정이 단 4초 내지 5초밖에는 지속되지 않는다는 점입니다. 그러니까 4초 내지 5초 이상 지속되는 웃음이나 놀람을 보여준다면, 일단은 의심스럽다는 결론이 됩니다.

여기에 다른 심리학자들으 학설(?)을 추가해 보면 ① 손놀림이 어색하다. 예컨데 주먹을 쥔다거나 호주머니에 넣거나 뒷짐을 져서 숨긴다. ② 얼굴 여기저기에 이상을 짓을 보인다. 예컨데, 코를 만진다. 입술을 만진다. 볼을 쓰다듬는다. 이것은 '입이 참말을 할까 봐' 입을 다스리는 행위라고 한다. ③ 자세가 불안정하다. 예컨대, 몸을 자주 움직인다. 손가락 장난을 한다. 발을 흔든다. 이것은 빨리 그 자리에서 도망 가고 싶다는 표시라고 한다. ④ 간파당하거나 문책당할까 봐 수다스럽게 말을 한다. ⑤ 맞장구가 많아진다. ⑥ 긴장이 심해지면 웃음이 줄어들고 표정이 굳는다. ⑦ 대답에 유연성이 없어진다.

거짓말을 반복하면 습관이 된다고 합니다만, 문제는 그냥 믿는 체하다 보면, 정체를 폭로하기는커녕 더욱 교묘하게 머리를 굴리는 사람도 있다는 점을 염두해 두시고 이 거짓말 간파법을 마스터하면 아무도 감히 도전(?)해 오지 못하겠지요.

● **힌트** : 거짓을 추방합시다.

100점 주의

어떤 일을 할 때 100퍼센트 완전하게 하고 싶다고 하는 희망은 인간으로서의 이상이며 염원일 것입니다. 하지만 실제는 희망대로 되지 않는 경우가 많은 것이 현실입니다.

시험을 볼 때, 누구나 희망은 100점입니다. 그렇지만 누구나 올 100을 얻을 수는 없습니다.

결과가 완전하지 못한 경우, 자신도 모르는 사이에 상대를 꾸짖는다든지 자기 자신도 괴로워하는 사람을 보게 됩니다.

완전을 추구하는 마음은 좋은 일이라고 할 수 있겠습니다만, 질책하거나 괴로워하는 것은 쌍방의 정신 위생에 있어서도 좋지 않다고 할 수 있습니다.

이 세상에는 완전무결한 100점 짜리 인간은 없습니다. 지나치게 완전을 추구한다면 오히려 결단력이나 행동력이 둔해지고 맙니다.

소나무에는 소나무의 개성이 있고 배나무에는 배나무의 개성이 있습니다. 배나무에서 소나무와 같이 겨울에도 잎이 푸르기를 바란다면 무리입니다. 마찬가지로 인간에게도 한 사람 한 사람의 개성이 있습니다. 장점도 있고 단점도 있고 잘 하는 일이 있는가 하면 못하는 일도 있습니다.

이런 개개인의 개성을 잘 분별하지 않고 언제나 무슨 일에 있어서나 완전을 원한다면 잘못입니다. 서로 개성을 살려서 서로 도와가면서 함께 몰두해 가면 저절로 좋은 결과가 나올 것입니다.

● **힌트** : 개성을 존중합시다.

남의 功功 가로채기

●

어떤 늪에서 개구리와 오리가 사이 좋게 살고 있었습니다. 그런데, 가뭄이 들어서 늪이 말라가기 시작했습니다. 오리는 걱정이 되어서 개구리와 상의를 했습니다.

"물이 없어지면 너는 어떻게 하지? 나는 날개가 있으니까, 다른 물가로 날아가면 되지만 말이야."

개구리는 대책이 없을 수밖에요. 개구리의 망연자실한 모습을 본 오리가 제안을 했습니다.

"만일, 네가 내 목덜미에 올라 앉아서 내가 땅 위에 내려앉을 때까지 붙어 있기만 한다면 좋겠는데 말이야."

어쩔 수 없이 개구리는 그렇게 하기로 했습니다. 다행히도 오리와 개구리는 무사히 다른 호수에 도착했

●

습니다. 그들이 내려앉은 것을 본 마을 사람이 물었습니다.

"참 좋은 꾀를 냈구나. 그런데 이 아이디어는 누가 낸 거지?"

그러자 얼른 개구리가 말했습니다.

"그야 물론 제가 생각해 낸 거지요."

이런 경우를 두고 '배은망덕도 유분수' 라고 하는 것이겠지요. 부하의 공, 동료의 공을 가로채는 일은 부끄러운 일입니다.

● **힌트** : 남의 공을 가로채지 맙시다.

겨 묻은 개

영국의 어느 빵집에서 생긴 일입니다.

이 빵집에는 매일 아침 버터를 납품하는 농부가 있었는데 아무래도 버터가 정량 미달인 것 같았습니다. 그래서 버터를 저울에 달아보았더니 아닌게 아니라 버터마다 조금씩 정량에 미달이었습니다.

빵집 주인은 이 농부를 대상으로 고소를 했고 농부는 재판정에 서게 되었습니다.

심문을 하던 재판관은 깜짝 놀랐습니다. 이 농부에게는 몇 마리의 젖소는 있었지만 저울이 없었습니다. 그래서 매일 빵집에서 갔다 먹는 빵의 무게를 기준하여 버터를 잘랐던 것입니다.

결국 빵집 주인은 얕은 상술로 좀 더 이익을 남기기

위해 정량을 속였던 것이 밝혀져서 자기 잘못은 탓하지 않고 남의 잘못만 들추어 내는 꼴이 되었던 것입니다.

"어찌하여 너는 형제의 눈 속에 있는 티는 보면서 제 눈 속에 있는 들보는 깨닫지 못하느냐." (마태복음 7장 3절) 하는 성경 말씀도 있습니다만, 뭐 묻은 개가 겨 묻은 개를 탓한다고 합니다.

하늘을 향해 침을 뱉으면 내게로 돌아온다는 진리는 상대를 향해 정직하지 못하면 곧 내게로 화가 돌아온다는 말이 될 것입니다.

● **힌트** : 자기 잘못부터 고쳐 갑시다.

좋은 아침

아침이 상쾌하면 의욕이 넘치고 하루가 즐겁습니다. 우리 뇌 속에는 많은 신경세포의 회로망이 있어서 상황에 맞는 처리를 합니다.

아침에 이 뇌의 활동을 상쾌하게 해 주면 몸도 마음도 상쾌해집니다. 그래서 아침에 뇌의 상태를 알파(α) 상태로 만드는 법을 소개해 드리도록 하겠습니다.

1. 눈을 뜨면, 크게 기지개를 킨다. 심호흡을 한다. 마음 속으로 "아~, 기분 좋다."고 중얼거린다.

이렇게 하면 '만족 호르몬'이라는 것이 생성되어서 약 10초 동안에 온몸으로 퍼져 나간다.

만일 "아, 피곤하다.", "좀 더 자고 싶다."는 생각을 하면 '부정직인 호르몬'이 생성되이 비린다.

2. 다시 기지개를 킨다. 심호흡을 한다. "아~, 잘 잤다." 하고 중얼거린다. 이렇게 하면 만족 물질이 몸 속을 돌고 있으므로 힘이 솟는다. 만일 불면증이나 수면 시간이 부족한 경우는 이런 암시가 더욱 필요하다.

3. 세수를 할때 거울을 보고 빙긋이 웃는다. "좋아, 오늘도 열심히 뛰자." 하고 중얼거린다. 세수를 끝내고도 빙긋이 웃으며, "힘을 내자." 하고 말해 본다.

4. 출근길에서도 앞의 1. 2. 3의 내용을 마음 속으로 확인한다.

5. 아침 인사를 힘차게 한다.

이러한 습관을 몸에 붙이면 생활 자체가 달라지고 인생 자체가 달라진다고 합니다. 앞으로 남은 모든 인생은 오늘 아침부터 시작되는 것과 같습니다.

매일, 눈을 뜨는 그 시간이 바로 미래로 가는 출발점인 것입니다.

● 힌트 : 아침 시간을 소중히 합시다.

시너지 효과

사회적인 활동도 생명체와 마찬가지로 수학적인 공식으로는 설명할 수 없는 것이 많습니다.

1+1=2가 되는 것은 가장 기초적인 산술이지만, 1+1=4가 되는 것을 '시너지 효과'라고 부릅니다.

시너지 효과란 말은 '전체적인 효과에 기여하는 각 기능의 공동 작용, 협동'을 뜻하는 말로서 그러한 공동·협동체가 상승효과, 종합효과를 가져 오는 것이 시너지 효과입니다.

한 사람의 능력에 또 한 사람의 능력이 가해질 때 두 사람의 능력효과만 나오는 것이 아니라 상승효과를 가져 오는 경우는 헤아릴 수 없이 많습니다.

영양분이나 비타민의 경우도 마찬가지입니다. 비다

민만 섭취하면 흡수율이 나빠서 별 효과가 없습니다.

비타민은 단백질이나 당질과 함께 섭취되어야만 효과를 볼 수 있습니다. 단독으로는 별 효과가 없다가도 '함께 함으로써' 상승효과를 보는 것입니다.

비타민 C의 보고寶庫라고 해서 한때는 인기 식품이었던 시금치가 신장결석의 원인이 된다는 연구 발표가 있자 시금치의 수요가 격감한 때도 있었습니다만, 참기름과 함께 먹으면 아무 문제가 없다는 것이 밝혀졌습니다. 참기름에는 칼슘이 많이 들어 있어서 이 칼슘이 시금치 속의 유해 성분을 없애버리기 때문입니다.

공동·협동의 힘이 얼마나 대단한가는 더 이상 설명드릴 필요가 없습니다. 개념상으로는 알고 있으면서 단지 행동으로 옮기지 않는 데에 문제가 있습니다.

● **힌트** : 협조 체제를 강화합시다.

하품 시간

●

서양에서는 커피 브레이크라고 해서 근무 시간 중에 커피를 마시는 시간 즉, 중간 휴게 시간을 두는 것이 보통입니다.

이 커피 브레이크 이외에 '하품 브레이크'라는 시간을 만들어서 생산성을 향상시킨 회사가 있다고 합니다만, 하품을 하는 휴게 시간을 만들어서 신호가 울리면 전 직원이 일제히 30초 동안 하품을 하고 기지개를 킨다는 것입니다.

하품이라는 말을 사용하긴 했지만, 입을 크게 벌리고, 심호흡을 한다고 보아야겠지요. 심호흡을 하면, 뇌가 자극을 받는다고 합니다. 뇌에 산소 공급이 많아지기 때문에 뇌의 활동이 활발해지는 것은 당연한 일입니다.

한편, 하품이나 심호흡은 충치를 예방하는 효과도 있다고 합니다. 충치를 만드는 세균은 산소를 아주 싫어하기 때문입니다.

하품을 하면, 얼굴의 근육이나 턱의 운동도 되어서 표정이 부드러워지는 효과도 있습니다. 기지개를 하는 것은 간단한 체조가 되기도 해서 몸을 풀어주는 효과도 있습니다. 하품을 하면서 직원들끼리 서로 웃어보는 시간도 갖는다면 어떠실까요.

● 힌트 : 부드러운 분위기를 만듭시다.

일의 즐거움

직장은 일을 하는 곳입니다.

'일'을 한자어로 쓰면 노동勞動이라는 단어가 됩니다. 노동의 '노'라는 한자에는 '피곤하다', '힘을 쓰다'의 뜻이 있어서 노동은 곧, '피곤하게 움직이다', '힘을 쓰며 움직이다'라는 말이 되기도 합니다. 말뜻 그대로만 보면, 어둡고 싫은 면만 상기됩니다.

그러나 마음가짐 여하에 따라서 일은 즐거움의 원천이기도 합니다. 마지 못해서 적당히 일하고 급료만 많이 받으려는 불순한 노동에는 피로나 사고가 많다는 통계도 나와 있습니다.

그러나 일의 의의를 알고 자신의 의지로서 일하고 노력 속에서 일의 보람과 생의 보람을 찾으려는 사람

도 얼마든지 있습니다. 다음의 '인간다운 인간'이란
시를 음미해 보시기 바랍니다.

마지 못해 일하는 사람

그는 소나 말과 무엇이 다른가.

지시 받은 일만 하는 사람

그는 죄수와 무엇이 다른가.

스스로 생각하고 일하는 사람

그는 인간다운 사람이다.

오늘 살아 있는 은혜에 감사하며

가만히 앉아 있을 수 없는 마음의 화산이

일의 모습으로 분출되는 사람

그가 모든 사람 중에 으뜸이 되는 사람이다.

● **힌트** : 일에서 보람을 찾읍시다.

열심히 열심히

어떤 일을 몸과 마음을 다해서 할 때 우리는 '열심熱心히'라는 말을 사용합니다. 그런데 일본 사람들은 이 열심이란 말을 '잇쇼겐메이一所懸命'라고 합니다.

한자의 뜻을 풀이해 보면, "한 곳에 생명을 건다."는 뜻이 됩니다. 어떤 때는 발음이 같기 때문에, '일생현명一生懸命'이라고 쓰기도 합니다. 일생에 생명을 건다는 뜻이 되는 것입니다.

우리의 열심은 '뜨거운熱 마음心'인데 비해서 일본인들은 "생명을 건다"고 하니까 정도의 차이가 이만저만이 아닙니다.

일본인들이라고 해서 무슨 일에서건 생명을 걸 정도로 열심히 하는 것은 아니겠습니다만, 말뜻에서 보면 하늘과 땅의 차이가 있습니다.

우리 한국인은 대부분이 일본을 싫어하고 배척하려는 마음이 강해서 그들로부터 배우는 것조차 싫어합니다.

한때, '일본을 뛰어 넘자.'고 해서 극일克日운동을 벌인 일도 있었고, 지금도 마땅히 뛰어 넘어야 할 상대인 것만 틀림이 없습니다.

그러나 손자병법孫子兵法에도 있듯이 적을 알지 않으면 이길 수 없습니다. 그들의 잇쇼껜메이 정신이 가진 철저성과 근면성을 뛰어 넘기 위해서는 그들 이상으로 우리도 노력해야 하겠습니다.

● **힌트** : 보다 더 열심히 합시다.

커피, 한 잔의 프로 의식

L씨가 출장지에서 돌아올 때 경험한 일입니다. 시간이 좀 남아서 들렀던 어느 지방 역 근처에 있는 다방 이야기입니다.

커피를 주문하자, "좀, 기다리셔도 괜찮으실런지요?" 하고 카운터 너머에서 중년 남자의 목소리가 들려왔다고 합니다.

이유를 묻자,

"이 지방의 물은 커피콩을 넣고 하루를 재웠다가 사용하면 가장 맛있게 되는데, 마침 준비한 것이 떨어져서 잠시 기다리지 않으면 맛있는 커피를 마실 수 없다." 는 대답이더라는 것입니다.

L씨는 별로 시간이 없었으므로 다른 음료수를 주문

했지만, 나중에 온 사람이 기다리고 있는 모습을 보고는

"다음에 꼭, 다시 한 번 와 봐야지."

하고 생각했다는 것입니다.

여행자인 줄을 알면 맛이 좀 떨어져도 내놓고 파는 인심이 역전 상법驛前商法이겠습니다만, 조금이라도 맛있는 커피를 맛보게 해 드리겠다는 그 마음 씀씀이와 자부심이 놀라왔다는 것입니다.

이런 자세가 기다려서라도 맛있는 커피를 마시고 싶다는 단골 고객을 만들고 한 번 온 손님이 다음에 꼭 오고 싶다는 생각을 갖게 하는 비결이라고 할 것입니다.

단골 고객이나 처음 들린 고객이나 구별없이 항상 최고의 서비스로 대하는 자세 그것이 바로 프로의 서비스라고 하겠습니다.

● **힌트** : 프로 의식을 가집시다.

프로의 길

●

'프로'라는 말은 물론 '프로패셔널'이란 말을 줄인 말입니다. 프로 야구, 프로 복싱, 프로 골퍼라는 말을 연상하게 되어서 흔히들 우리들과는 거리가 멀다는 생각을 하기가 쉽습니다.

그러나 어떤 분야의 전문가로서 그 분야의 최고를 지향하는 사람은 프로라고 부를 수 있습니다.

법관, 검찰관, 변호사는 법의 프로이고, 예술가는 예술의 프로이고, 학자는 학문의 프로입니다. 또한 장사의 프로, 경리의 프로, 관리의 프로, 음식의 프로, 운전의 프로 등등 우리와 친근한 프로도 있습니다. 그러면, 나는 무슨 프로일까요?

'프로의 길'을 음미하면서 생각해 보기로 합시다.

147

●

① 프로란 자기 일에 일생을 거는 사람이다.

② 프로란 자기 일에 자부심을 갖는 사람이다.

③ 프로란 선견지명을 갖고 일을 하는 사람이다.

④ 프로란 실수를 최소로 줄이는 사람이다.

⑤ 프로란 시간보다는 목표를 중심으로
일하는 사람이다.

⑥ 프로란 목표를 향하여 전력 투구하는 사람이다.

⑦ 프로란 결과에 책임을 지는 사람이다.

⑧ 프로란 보수나 수입이 성과에 따라서
주어지는 사람이다.

⑨ 프로란 자기 스스로와 싸우는 사람이다.

⑩ 프로란 능력 향상을 위하여 항상 노력하는
사람이다.

어떤 분은 이 프로의 길 10계명을 책상 앞에 붙여두고 수시로 마음을 가다듬는다고 합니다.

자, 우리는 어느 정도의 프로인지 스스로 물어봅시다.

● **힌트** : 프로가 됩시다.

슬럼프 극복법

●

일을 할때 성격적으로 맞고, 보람을 느끼고 성적까지 올라간다면, 더 이상 즐거운 일은 없을 것입니다. 그렇다고 언제나 일이 잘 된다고 보장할 수는 없습니다. 자칫하면 의무적으로 하게 되고, 매너리즘에 빠지기 쉽습니다. 때로는 의욕을 잃고, 슬럼프에 빠지기도 합니다.

이럴 때, 어떻게 하면 극복할 수 있을까요? 물론 각자의 노력이 무엇보다 중요합니다.

어떤 그룹의 총수 한 분은 다음과 같이 평사원 시절의 경험을 이야기한 적이 있습니다.

"오늘은 백만원을 팔아야지."

"오늘은 이것을 고치자."

●

"오늘은 이것을 바꾸어 진열하자."

하는 식으로 매일 한 가지 목표를 정해서 달성해 나갔다고 합니다.

어떻게 보면 당연한 일 같지만 슬럼프를 극복한다는 면에서 대단히 중요한 방법입니다.

목표에는 장기간을 요하는 것도 있지만, "오늘은 무엇을 할까."를 구체적으로 정해서 그날 그날의 단기 목표를 실행해 나가다 보면 잡념도 없어지고, 의욕도 생기게 됩니다.

목표에 진지한 자세로 접근해 가면 일의 보람이 솟아납니다. 오늘 여기서부터 하루의 목표를 분명히 세워서 매너리즘이나 슬럼프를 이겨내도록 합시다.

● **힌트** : 작은 일부터 고칩시다.

습관

●

'습관은 제2의 천성'이라는 속담을 아실 것입니다.

몽테뉴는 '습관은 제2의 자연'으로서 제1의 자연에 비해 결코 약한 것이 아니라고 했습니다.

스마일스는 "습관은 나무 껍질에 글자를 새긴 것과 같다. 그 나무가 커감에 따라 글자도 커진다."고 했습니다.

아미엘은, "마음이 변해야 태도가 변하고, 태도가 변하면, 습관이 변하고…" 하는 식으로 마음, 태도, 습관, 인격, 인생, 이 다섯 가지가 순차적으로 변하는 과정을 설명한 것으로 유명합니다만, 다음과 같은 말도 남기고 있습니다.

"처세의 길에 있어서 습관은 격언보다 중요하다. 습

관은 산 격언이 본능으로 변하여 살이 된 것이기 때문이다. 격언을 고치는 것은 아무것도 아니다. 책의 제목을 바꾼 것밖에 안 된다. 새로운 습관을 갖는 것이 중요하다. 그것은 실제의 생활에 들어서는 것이 된다. 생활은 습관이 짜낸 천(織物)에 불과하다."

고 했습니다.

우리에겐 좋은 습관도 많지만, 나쁜 습관도 많습니다. 나쁜 습관을 고치는 최선의 방법은 어느 날 갑자기 고치는 것이라고 합니다.

"조금씩 고쳐 가야지…" 하다 보면 결국 제자리에 돌아오는 일이 많다는 것입니다. 술이나 담배를 조금씩 줄여가는 것은 어렵지만, 어느 날 갑자기 끊은 사람이 성공률이 높다고 합니다.

오늘부터라도 고치고 싶은 것을 찾아서 바로 지금 시작하는 것도 방법입니다.

● **힌트** : 나쁜 습관을 고칩시다.

거짓말 방법

●

거짓말에는 자기의 잘못을 덮기 위한 것과 직장 내
에서 출세를 위해서 하는 거짓말로 나눌 수 있다고 합
니다.

직장 내에서 하는 거짓말은 누군가를 희생시키거나
잘못을 은폐하는 것일 수 있기 때문에 악질적인 것이
라고 할 수도 있습니다.

그리고 상사의 압력 때문에 본의 아니게 거짓말을
해야 할 때도 있게 되는데 이런 때도 가능한 한 양심
에 어긋나지 않도록 타협할 필요도 있게 됩니다.

때로는 자기 실력을 과장해서 말하거나 남의 공적
을 자기 것인양 가로채는 거짓말도 있습니다만, 거짓
말을 해야 할 경우엔 다음의 다섯 가지를 스스로 물어

볼 필요가 있습니다.

①나의 거짓말이 다른 사람에게 얼마나
해를 끼칠 것인가?
②이 거짓말이 단 한 번으로 끝날 것인가,
아니면 이 거짓말 때문에 또다른
거짓말을 해야 하지는 않을까.
③만일 거짓말임이 탄로났을 때
정당한 변명을 할 수 있을까.
그 변명이 다른 사람에게는 어떻게 들릴 것인가.
④나의 거짓말이 나의 자존심에
어떤 영향을 미칠 것인가.
⑤다른 사람이 내게 같은 거짓말을 한다면
어떤 느낌이 들겠는가.

이처럼 스스에게 질문을 해보라는 것입니다만, 이
와 같은 길고 합리적인 질문을 해 보는 사이에 거짓말
을 할 생각이 싹 가시지나 않을 지 모르겠습니다.

설마 거짓말을 하는 사람이 그 정도로 합리적인 생각을 할지 그것도 문제라고 생각합니다만, 어쨌든 평소에 가능한 한 거짓말을 하지 않겠다는 마음가짐이 우선 필요하다 하겠습니다.

● 힌트 : 거짓을 멀리 합시다.

적응과 도전

●

우리는 학창 시절에 '적자 생존'이란 말과 '자연 도태'라는 말을 배웠습니다.

적자 생존이란, 환경에 적응하면 살아남는다는 말이고 자연 도태란, 환경에 적응하지 못하면 도태된다는 뜻입니다.

동식물의 적응 능력은 거의가 본능에 기인하는 것이지만, 인간의 경우는 본능만이 아니라 의지에 기인하는 것이 많습니다. 즉, 우리 인간은 쉽고 편한 쪽으로 갈 수가 있는 반면 보다 어려운 상황으로 도전할 수도 있는 것입니다.

인간의 능력은 쉽고 편한 쪽을 택했을 때보다 혹독한 상황에 도전하는 때에 개발되는 일이 많습니다. 역경을 만나도, 거기에 적극적으로 대처하다 보면 어느새 역경에 익숙해지고 처음의 고통이 어느 덧 즐거움으로 변하는 것입니다.

운동 선수의 예를 보면 잘 알 수 있습니다. 여기서 주의해야 할 것은 어느 정도 익숙해지면 어려운 상황이 없어지고, 쉽고 편해지기 때문에 여기에 만족해서 능력의 향상도 멈추고 만다는 점입니다.

인간의 능력을 최대한 살리기 위해서는 항상 새로운 상황에 도전하고, 정면으로 부딪혀 가는 자세를 갖도록 해야 하겠습니다.

● **힌트** : 어려운 상황을 피하지 맙시다.

약속

"지키지 못할 약속은 하지 말아라."

이 말은 여러 사람들과 접촉하는 사람은 약속을 얼마나 잘 지키느냐에 따라 자신의 평판이 좌우되기 때문에 최대한 솔직하고 정직하게 살아가라는 말이라고 하겠습니다.

만일, 정비공장에 근무하는 사람이 고객의 차에 대한 정비 사항을 목록에 기록하는 것도 필요한 서비스를 하겠다는 약속이며,

"손님의 차는 다섯 시 정각에 끝낼 수 있습니다."

또는 "만약 수리가 완료되지 않거나 문제가 생기면 연락을 드리겠습니다."라는 말도 약속입니다.

약속을 지키지 않게 되면, 신용은 땅에 떨어지고 그

불신으로 말미암아 사업을 곤경에 빠뜨리게 만들고 마침내 공장문을 닫게 할 수도 있을 것입니다.

먼저 생각을 해보고 지킬 수 있는 것만 약속한다면

① 나중에 당황하는 일이 없을 것이며
② 사과나 변명을 하지 않아도 되며
③ 그가 말하는 것에 신뢰감에 가지게 되고
④ 성실한 인상을 고객에게 심어줄 것입니다.

지금 당장 이번 주까지 했던 약속들을 기억나는 대로 자신을 속이지 말고 정직하게 적어 보십시오.

지키지 못한 약속을 체크해 보면, 아예 지키려고 마음먹지도 않았던 것들도 있을 지 모릅니다.

체크한 종이를 볼 수 있도록 붙여 두고 그것을 거울 삼아 앞으로는 잘 하겠다고 다짐해 보는 것도 약속에 대한 사고 방식을 고치는 계기가 됩니다.

사업에서의 성공, 성공적인 결혼생활, 원만한 가족 관계, 나인과의 친밀한 관계….

삶의 기쁨은 약속을 지키는데서부터 시작된다는 점을 잊지 맙시다. 약속을 지킬 줄 안다는 것은 성실한 사람의 표시가 됩니다.

● **힌트** : 미리 생각하고 약속합시다.

선물

미국 최초의 컬럼니스트로 알려진 유진 필드가 신문사에 근무할 때의 일입니다.

신문사 사장은 크리스마스가 되면 언제나 사원들에게 칠면조를 선물하곤 했습니다.

어느 해인가, 유진은 "칠면조 말고, 옷을 한 벌 주실 수 없겠습니까?" 하고 부탁을 드렸습니다.

그러자, 그 다음날 죄수복이 한 벌 배달되어 왔더라고 합니다. 그 다음부터 이 신문사에 유명인이 방문하는 날이면 반드시 죄수복을 입은 신사가 출근하는 일이 생겼다고 합니다.

재미있는 선물에 짓궂은 응대가 웃음을 자아내게 합니다만, 프랑스 작가 죠르쥬 르나르(「홍당무」의 작가, 콩쿠르 회원)는 어떤 책이 무척 갖고 싶었지만, 돈이 없어 살 수 없는 게 유감이라고 무심코 친구에게 푸념을 한 적이 있었습니다.

이 말을 엿들은 부인은 그날부터 저축을 하기 시작해서는 남편의 생일날, 바로 그 책을 사서 선물을 했다고 합니다.

이보다 더 감동적인 것은 오 헨리의 작품 『동방박사의 선물』에 나오는 짐과 데라의 이야기입니다.

아내의 아름답고 긴 머리카락을 위해서 선조 대대로 내려오는 금시계를 팔아 예쁜 빗을 사 가지고 돌아와 보니 아내는 그 아름다운 머리를 스카프로 감싸고 있었다는 것이지요.

서로가 선물을 교환하려는 순간, 아내는 남편의 금시계가 자기의 머리카락을 위해서 없어진 것을 알았고, 남편은 자기의 금시계를 위해서 아내의 머리카락이 없어진 것을 알게 되었지요.

오 헨리는 어쩌다가 옥살이를 한때가 있었습니다만, 자기 딸에게 주는 선물로서 소설을 쓰기 시작했고,

딸을 실망시키지 않기 위해서 오 헨리란 가명을 썼다
고 합니다(본명은 William Sydney Porter).

아! 선물이 이처럼 마음의 따스함을 나누던 시절도
있었나 봅니다.

● 힌트 : 마음의 선물을 합시다.

열의

●

러시아의 유명한 작가 고르키가 한 말에 이런 것이
있습니다.

"일이 즐거우면, 인생은 낙원이다. 일이 의무라면
인생은 지옥이다.'

미국 뉴욕 시의 어느 허름한 사무실 구석에서 "무엇
인가, 내가 할 수 있는 일은 없을까?" 하고 항상 눈을
번득이는 사환 소년이 있었습니다.

출납 계원이 바쁘게 계산을 하고 있으면 "계산을 저
에게도 시켜 주십시오." 하고 자청을 했고 잔 심부름
도 기꺼이 자진해서 했습니다.

매우 감동한 회계사는 틈이 날 때마다 부기簿記나

●

회계의 원리를 가르쳤고, 그렇게 1년 정도가 지나자 소년은 출납 대리를 맡아볼 정도가 되었습니다.

그 회계사가 다른 자리로 옮기게 되자 그 사환을 후임자로 추천했습니다. 이 사환은 훗날 뉴저지 스탠다드 석유회사의 사장이 된 베드포드 씨입니다.

일에 대한 욕망과 열의를 가지려면, 어떻게 해야 할까요. 우선 자진해서 관심과 호기심, 흥미와 애착심을 가져야 합니다. 무관심한 일, 애착심이 없는 일에 열의가 생길 리가 없기 때문입니다. 그리고 그 관심과 애착심이 행동으로 나타나야 합니다.

● 힌트 : 열의를 가지고 일합시다.

변화 기피증

●

육체적으로 성장해서 어른이 되었지만 정신적으로
는 아직 어린애의 단계에 머물러 있는 사람을 가리켜
'수염 난 어린애'라고 부르기도 합니다.

이와는 반대로 나이나 몸은 어린애지만, 정신 연령
은 어른을 뺨치는 경우를 '애늙은이'라고 부릅니다.

권터 그라스라는 독일 작자가 쓴 『양철 북』이라는
소설에 나오는 오스카라는 주인공은 세 살이 되는 생
일날 더 이상 성장하고 싶지 않다고 생각하여 계단에
서 일부러 굴러 떨어져서 뇌를 다치고 맙니다.

그 이후로 성장이 중지되어 나이는 먹어가면서도
어린애 취급을 받으면서 역사의 격동기(제1차대전,
나찌 독일의 제2차대전, 소련군의 진주 등)를 '애늙은

●

이'로서 살아갑니다.

　그 후 스무 살이 되던 해에 뒤통수에 돌을 맞은 충격으로 다시 성장이 계속됩니다만, 오늘날에도 변화가 두려운 사람, 성장이 두려운 사람은 엄마의 치마폭에 싸여서 어리광을 부리며 응석 꾸러기로 살고 싶을지도 모릅니다.

　그러나 어리광이나 응석은 기댈 데가 있을 때, 믿을 데가 있을 때, 아껴주는 사람이 있을 때 가능합니다만, 인간은 누구나 그러한 온실에서만 머물 수는 없습니다.

　오스카처럼 뒤통수에 돌을 맞고서야 성장을 계속한다면 아마도 너무 늦어질지도 모릅니다.

● **힌트** : 변화를 두려워 맙시다.

꾀병

●

운동을 싫어하는 아이가 운동회날이 가까와지면 병이 나고, 시험이 두려운 아이는 시험날이 가까와지면 병이 나고, 학교에서 못 살게 구는 아이 때문에 병이 나기도 합니다.

실제로 열이 나고 콧물이 나기도 합니다. 배탈이 나서 결석을 하는 아이는 가짜일 수도 있고, 진짜일 수도 있습니다. 겉으로는 알 수가 없으니까요.

그런데 이런 병은 아이들에게만 있는 것이 아니라 어른들에게도 있다고 합니다.

어떤 학자들의 주장에 의하면 만성적인 병을 앓는 환자들 중에는 공포나 두려움 때문에 병이 생긴 경우가 90퍼센트나 된다고 합니다. 믿기지 않는 일입니다만, 막연한 불안, 두려움, 공포 때문에 병이 생긴다니 놀라운 일입니다.

그 외에도, 관심을 끌기 위해서 또는 현실을 도피하기 위해서 또는 무의식적인 자살 욕구 때문에 병이 나는 수도 있습니다.

루즈벨트 대통령은 말했습니다.

"가장 두려워 해야 할 것은 공포 그 자체이다."

혹시라도, 우리는 무엇을 두려워하고 있는 지 생각해 봅시다.

● **힌트** : 두려움을 뛰어 넘읍시다.

천국와 지옥

너무 너무 바빠서 눈 코 뜰 사이 없는 사람이 있었습니다. 회답을 못한 편지가 산더미처럼 쌓여있고, 약속은 밀려있고, 처리해야 할 일이 너무도 많았습니다.

집은 잔디 깎을 시간이 없어서 정원이 덤불처럼 엉켜 있었습니다. 아무 일없이 빈둥빈둥 노는 사람이 얼마나 부러운지 몰랐습니다.

어느 날, 그 사람이 잠깐 눈을 붙인 사이에 꿈을 꾸게 되었습니다. 꿈 속에서의 그는 아주 멋진 사무실에 앉아 있는데 편지나 서류 한 장 없는 깨끗한 책상에다가 약속 메모도 없고, 처리할 일도 없었습니다.

창밖을 보니 잔디는 깨끗히 손질되어 있었고 고요하고 아늑한 맛이 마치 천국 같았습니다.

"아, 이것이 바로 행복이구나."

하고 생각했습니다. 그런데 갑자기

"내가 무엇을 하고 있지?"

하는 생각이 났습니다.

그때 마침, 매일 오던 우편 배달원이 오늘은 자기에게 들리지도 않고 그냥 지나가는 것이 보였습니다. 우편 배달원을 불러서 물어보았습니다.

"여기가 도대체 어디지요?"

"그것도 아직 모르셨습니까? 여기가 바로 지옥입니다."

하는 것이었습니다.

● **힌트** : 일의 고마움을 잊지 맙시다.

낙관과 비관

●

세상 일을 낙관적으로 보느냐, 비관적으로 보느냐에 따라서 결과가 크게 달라지지요.

풍자가에다 유명한 극작가였던 버나드 쇼오와 미국의 유명한 발레리나 이사도라 던컨과의 사이에 이런 대화가 있었습니다.

이사도라 : "저처럼 아름다운 몸매에다가 당신처럼 머리가 좋은 아이가 태어난다면 얼마나 멋질까요."

버나드 : "저와 같이 빈약한 육체와 당신 같이 우매한 머리를 가진 아이가 태어난다면 얼마나 불행한 일이겠습니까?"

『범인凡人과 초인超人』이라는 책으로 유명한 버나드 쇼오는 영국 연극에 큰 영향을 끼친 것으로 유명한 천재 극작가였고, 이사도라 던컨은 20세기의 무용에 혁신을 일으킨 발레리나로서 '맨발의 이사도라'라는 별명으로 유명했습니다만, 만일 이 두 사람이 맺어졌다면 과연 어떤 결과가 되었을 지 궁금합니다.

　우생학적으로 본다면 이사도라의 말이 옳았을지도 모르겠습니다만, 버나드 쇼오가 비꼬는 바람에 판이 깨져버린 셈입니다.

　세상은 낙관적인 것도 비관적인 것도 아닐지도 모릅니다. 다만, 우리는 낙관적으로만 보아도 인생을 다 볼 수 없는 짧은 인생을 살고 있다는 점이 유감이라고 할까요.

● 힌트 : 낙관적인 사고방식을 가집시다.

능력 관리

●

누구에게나 나름대로의 능력은 있게 마련입니다. 문제는 어떤 종류의 능력인가, 어느 정도의 능력인가에 따라서 평가가 달라진다고 하겠습니다.

새는 날으는 재주가 있고, 물고기는 헤엄치는 재주가 있고 굼벵이는 기는 재주가 있습니다만, "독수리는 파리를 잡지 못한다."는 속담도 있듯이 능력의 종류나 수준은 다르게 마련입니다.

그러나 가장 중요한 것은 모처럼의 능력도 갈고 닦지 않으면 퇴화하고 만다는 점입니다.

날지 못하는 새가 가장 대표적인 예입니다. 날개가 퇴화해 버려서 땅에서만 살게 된 새, 그런 새처럼 되어버린 사람을 우리는 봅니다.

●

한때는 능력이 출중했던 사람이, 무능한 사람으로 전락해 버리는 이유는 대개가 능력 관리를 하지 않았기 때문입니다.

물론 기회를 만나지 못해서 재능이 썩고 있는 사람도 있습니다. 그러나 능력 관리를 하지 않게 되면 재능도 퇴화하고 맙니다.

능력 관리란 끊임없이 공부하고 적극적으로 대처하고 겸허하게 반성하는 자세를 가리킵니다.

능력이란 귀중한 재산입니다. 재산 관리와 마찬가지로 능력 관리를 잘 못하면 파산하고 맙니다.

● 힌트 : 능력을 계속해서 연마합시다.

웃음

　

사람들을 잘 웃기기로 유명한 올리버 허포드라는 사람이 있었습니다. 이 사람에게 어떤 부인이 점잖게 물었습니다.

"사람을 웃기는 일 말고, 해보고 싶은 일은 없으신지요?"

"물론 있지요. 언제든지 해보고 싶은 일이….."

"아, 그러시군요. 무슨 일이신데요?"

"돌아가는 선풍기에 달걀을 넣어서 한 번 깨뜨려 보고 싶습니다."

웃음 만큼 인생을 윤택하게 하는 것도 드뭅니다. 웃음은 인생에 즐거움을 더해 줄 뿐만 아니라, 건강에도 도움을 주는 것으로 알려져 있습니다.

사람이 웃으면, 내장의 긴장을 풀어줌과 동시에 내장의 운동이 되기도 한다는 것입니다. 그래서 웃음은 웃는 사람 본인의 마음과 몸 양쪽 모두에 좋은 영향을 주는 셈이 됩니다만, 어찌 본인만의 즐거움으로 그치겠습니까?

입의 양끝을 위로 치켜 올리면 웃는 표정이 됩니다. 웃는 표정에 웃음 소리를 보태면 웃음이 됩니다.

자, 웃는 연습을 해 보시면 어떠실까요.

● 힌트 : 항상 웃는 얼굴로 살아갑시다.

자존심

J·콜린즈라는 영국의 교육가는 '자존심은 미덕은 아니지만, 그것은 많은 미덕의 부모이다.'라고 했습니다.

훌륭한 사람, 성공한 사람, 위인들은 굳건한 자존심을 바탕으로 해서 많은 업적을 남기고 있습니다. 반대로 범죄자, 실패와 변명에 급급한 사람, 사회에 있으나 마나 한 사람들은 자존심이 없습니다.

자존심은 건강하고 활기찬 사회의 기초입니다. 그럼에도 불구하고 많은 상사들은 부하들의 자존심을 무참히 유린하는 말을 함부로 합니다.

"이래 가지고, 어떻게 관리자라고 하겠어? 그만 두시오."

이런 상사일수록 자기 나름의 해결 방안이나 식견

이 없는 경우가 많습니다.

회사를 그만두는 요인의 60퍼센트 이상이 상사와의 충돌이라고 합니다. 그 충돌의 대부분이 자존심과 관련된 것이라고 추측됩니다.

'용장勇將 밑에 약졸弱卒 없다.'고 합니다. 아랫 사람의 잘못된 점이나 과오는 상사의 것일 수도 있습니다. 이러한 점에 착안해서 부하를 지도한다면 감정에 치우쳐 충돌을 일삼는 것보다 한결 성과가 오를 것입니다.

그렇다고 해서 약속도 지키지 않고 계획도 달성하지 못하는 보호할 가치도 없는 자존심을 지켜주자는 것은 아닙니다.

다만, 사람은 감정의 동물이므로 무책임하게, 부주의하게 하는 말이 독毒이 되고 이것이 쌓이면 폭탄이 되기도 합니다.

● **힌트** : 서로의 자존심을 소중히 합시다.

여성 성공법

직장 여성으로서 성공하는 비결에 대해서 샌프란시스코 시장이었던 다이앤 파인스타인 여사가 권하는 여성 성공법은 다음과 같습니다.

① 꾸준히 노력해서 상당한 재량권이나 결정권을 갖도록 할 것. 이것은 4~5년 사이에 가능한 것은 아니니까 끝까지 최선을 다해야 한다.

② 자신이 여성이라는 것을 구실로 삼지 말 것. 자칫하면 중요한 일을 맡기지 않는 경우가 생긴다.

③ 다른 사람보다 일찍 출근하고 늦게 퇴근해서 상사의 눈에 띄게 할 것.

④ 동료 여직원과 유대를 가져서 충고나 정보를 얻도록 할 것.

⑤ 자기만이 할 수 있는 전문 분야를 갖도록 할 것.

⑥ 혼자서만 유별나게 행동하지 말고 동료들과 협력하는 관계를 가질 것.

⑦ 자신이 여성이라는 것을 지나치게 강조하거나 야한 옷차림은 삼갈 것.

⑧ 부하 직원 다루는 법을 연구해 둘 것.

⑨ 도와준 사람에게는 고맙다는 표현을 잊지 말 것.

⑩ 유행을 앞서 가지 말 것.

⑪ 무슨 일이 있어도 남이 보는 데서는 울지 말 것. 도저히 참을 수 없는 경우라 해도 남이 보지 않는 데서 운다면 나쁜 인상은 남기지 않는다.

자, 어떻습니까? 어떻게 보면 전부 당연한 말씀이라고 하겠습니다만, 그 당연한 것을 제대로 실천하지 못하는 데에 문제가 있다 하겠습니다. 남자건 여자건 성공의 비결에는 큰 차이가 없지만, 여성이라는 이유 하나로 핸디캡을 지고 살아야 하는 사회다 보니 남다른 노력이 필요하게 되는 셈입니다.

직장 여성이 회전 의자에 앉으려면 위의 비결을 염두에 두고 보다 더 분발하고, 보다 더 노력해야 하지 않을까… 하는 생각입니다.

그런데 몇 가지 사항만 빼고는 공통적인 것이 많아서, 결국 성공의 법칙은 남자나 여자나 큰 차이가 없다는 결론도 됩니다.

● **힌트** : 성취 동기를 강화합시다.

야심

동물원의 우리 속에 갇혀 있는 사자나 호랑이를 보면 측은한 생각이 들기도 합니다.

개나 고양이보다 얌전히 앉아 있는 모습에서는 조금도 무섭다는 생각이 들지 않습니다. 그래서 가까이 가서 장난을 치다가 팔이 잘려버린 불상사도 있었습니다.

그런데 그 야수들은 무슨 생각을 하고 있을까요? 들판을 마음대로 달리고, 마음대로 잡아먹고 마음대로 짝짓기(야합 : 野合)를 하고 그야말로 마음대로 살고 싶을 것입니다.

야생 동물의 세계에는 법도 없고 도덕도 없으니까요. 그러나 야생 동물도 길을 들이면 서커스에서 재롱을 부리기도 하고 애완 동물처럼 사람들과 가깝게 지내기도 합니다.

그러나 위험성은 항상 숨어있기 때문에 배불리 먹이고도 조심해서 다루지 않으면 키운 공도 모르고 주인을 물기도 합니다. 그 마음 속에는 항상 들판의 마음(야심 : 野心)이 있기 때문입니다.

자기 분수에 맞지 않은 욕심을 야심이라고 부르고 좋지 못한 목적으로 모이는 것을 야합이라고 하는 이유도 바로 그런 뜻에 있습니다.

원대한 포부를 갖는 것은 좋은 일입니다. 그러나 법도, 도덕도, 의리도 저버리고 야심을 위해서 야합을 일삼고 배반을 하면서도 배반인 줄을 모르는 사람을 우리는 어떤 눈으로 보아야 할까요.

● 힌트 : 인륜(人倫)을 지킵시다.

유산

●

우리 나라 사람들은 못 살았던 한을 풀기 위해서인지는 모르겠습니다만, 자녀들에게 한 밑천 재산을 물려주려는 분들이 많습니다.

그러나 만일 그 자녀들이 제대로 '된 사람'이 아니고 빗나간 사람이라면 재산이 때로는 불행이 됩니다.

흥미있는 것은 오랜 세월에 걸쳐 박해를 받고 돈이 없는 서러움을 많이 받은 유대인의 경우입니다. 유대인 어머니가 자식에게 반드시 물어보는 질문이 있습니다.

"만일 너의 집이 불 타고 재산까지 다 빼앗기게 되는 위험이 닥치면 너는 무엇을 먼저 챙겨서 달아나겠니?"

아이들은 '돈, 귀금속, 보석'이라고 답합니다. 이에

어머니는 힌트를 줍니다.

"그것보다 모양도 빛깔도 냄새도 없는 것 중에도 좋은 것이 있지."

"도대체 그게 뭐예요. 엄마?"

어머니는 '가지고 갈 것은 오직 지식'이라고 일러줍니다.

제2차세계대전의 폐허에서 일어선 독일이나 일본은 무無로부터 출발했을까요? 아니지요. 그들은 보이지 않는 지식, 경험, 노하우, 사회적 전통을 가지고 시작한 것이기에 단기간에 부흥을 한 것입니다.

유대인의 격언에는 책에 관한 것이 있습니다.

'여행을 하다가 고향 사람들이 모르는 책을 보면 반드시 그 책을 사 가지고 돌아가라.'

'돈이 없어 물건을 팔아야 한다면, 금, 보석, 집, 땅을 팔아라. 절대로 팔아서는 안 되는 것은 책이다.'

지금은 독립한 라트비아 유대인 사회에서는 책을 빌려 달라고 했을 때, 빌려주지 않는 사람에게는 벌금을 물리는 조례가 있었으며, 유대인 가정에서는 책장을 침대의 발치에 두지 않고 머리맡에 둔다고 합니다.

● **힌트** : 보이지 않는 것도 소중히 여깁시다.

돈벌레

돈에 얽힌 우화 하나를 소개해 드리겠습니다.

쫀 와일드라는 농부가 밭을 갈다가 유리 구두 한 켤레를 파냈습니다. 그런데 이 유리 구두가 땅 속에 사는 요정의 신발이더란 것입니다.

요정이 와서 신발을 돌려 달라고 하자, 농부는 유리 구두를 돌려주는 대신에 밭을 한 고랑 갈 때마다 돈이 나오게 해 달라고 요구했습니다.

요정은 "그까짓쯤이야 어렵지 않죠." 하는 식으로 승낙을 하고는 구두를 돌려 받았습니다.

드디어 농부가 밭을 갈기 시작했습니다.

과연, 한 고랑을 갈 때마다 번쩍번쩍하는 금화가 한 개씩 나오는 것이었습니다. 돈이 급속도로 불어나기 시작했습니다.

밭 근처에는 아무도 오지 못하게 하고는 새벽부터 저녁까지 열심히 밭을 갈았습니다. 밤이면 돈을 세어 보는 재미로 가족도 친구도 가까이 하지 않았습니다. 돈은 자꾸 불어가는데 몸은 피곤해지고 나날이 쇠약해져 갔습니다. 그래도 쉬지 않고 돈을 파냈습니다.

그러던 어느 날, 그만 쓰러지고 말았습니다. 엄청난 돈을 모았지만, 무엇 때문에 모았는지 모를 정도로 허무하게 세상을 떠난 것입니다. 물론 가족들은 그 돈으로 행복하게 살았습니다.

우리 주위에는 가족도 친구도 잊어버린 채 오로지 돈벌이에만 몰두하다가 돈만 남기고 갑자기 세상을 떠나는 분들을 봅니다.

사회 환원이나 사회에 대한 봉사는 고사하고 사랑도 우정도 건강도 취미도 모른 채 그냥 그렇게 떠나버린 분들 말씀입니다.

● 힌트 : 돈의 의미를 생각해 봅니다.

자기 중심

●

우리는 누구나 자기가 하는 일이 남이 하는 일보다 중요하다고 생각하기 쉽습니다만, 과연 그런 것일까요?

중국의 우화에 이런 것이 있습니다.

발이 입에게 말했습니다.

"너는 항상 나를 존경할 필요가 있어. 너를 먹이려고 나는 피곤한 줄 모르고 하루 종일 뛰어다니고 있으니까 말이야."

입이 말했습니다.

"그렇게 뽐낼 것 없어. 만일 내가 굶어버리면 너는 어떻게 뛰어 다니지?"

이솝 우화에는 이런 것도 있습니다.

소가 무거운 짐을 수레에 싣고 힘겹게 끌고 있었습

니다. 이때, 수레 바퀴가 계속해서 삐그덕, 덜컹, 삐꺽 거리며 소리를 냈습니다. 소가 뒤돌아 보며 바퀴에게 말했습니다.

"이봐, 왜 그렇게 시끄럽게 굴지. 짐을 끌고 있는 건 바로 나야. 소리를 질러야 할 것은 네가 아니라, 나란 말이야."

이 우화들을 조금만 생각해 보면 서로가 도움을 주고 도움을 받는 관계라는 것을 알 수 있습니다만, 자기 중심으로 생각하면 자기만이 고생을 하는 것으로 착각을 하고 자기만이 중요한 일을 하는 것으로 착각을 하게 됩니다.

서로가 서로의 가치를 존중하는 자세를 가질 때 자기 중심주의는 사라집니다.

● 힌트 : 상대의 가치를 존중합시다.

희생

●

암탉 한 마리와 돼지 한 마리가 함께 길을 가고 있었습니다.

그때 어떤 사람이 "가난한 사람을 도웁시다. 가난한 사람을 도웁시다." 하고 사람들 앞에 서서 외치고 있었습니다.

암탉이 잠시 생각에 잠기더니, 돼지를 보면서 "좋은 방법이 있어. 우리 '햄 앤드 에그'를 만들어 주자."고 하는 것이었습니다.

햄 앤드 에그란 돼지고기로 만든 햄과 계란 부친 것을 말합니다만, 햄을 만들려면 돼지는 죽어야 할 형편이고 닭은 계란 한 개만 낳으면 되는 셈입니다.

돼지가 부루퉁해서 말했습니다.

"너는 계란 한 알이면 되고, 나는 내 온몸을 바쳐야 한단 말이냐?"

쉽게 말씀드리면, 닭은 살짝 빠져 나가고 돼지를 희생양, 아니 희생 돼지로 바치고, 자기만 생색을 내겠다는 것이었습니다.

삼계탕에다가 돼지 갈비를 만들어 주자고 한다면 공평하다고 하겠습니다만, 세상에는 남의 희생을 자기의 공적으로 가로채는 경우도 적지 않게 있습니다.

희생이나 자선이란, 누구에게 보이기 위한 것이 아니라 인간애를 실현하기 위해서 또는 어떤 대의명분을 위해서 할 때에 뜻이 있습니다.

희생이나 자선이란, 인간을 사랑하고 사회를 사랑하는 마음으로 자기는 손해를 보면서도 기쁨을 느낄 수 있을 때에 뜻이 있다고 하겠습니다.

● 힌트 : 희생의 뜻을 음매해 봅시다.

용기

프로이센(독일)의 유명한 정치가 비스마르크는 철혈재상鐵血宰相이라는 별명에 걸맞게 독일 부흥에 큰 공을 세운 분입니다.

'철혈'이란 '쇠'와 '피' 즉, 무기와 병사를 뜻합니다만, "오늘날의 독일은 다수결로 개선할 수는 없다. 쇠와 피로 해야 한다."고 한 말로 유명합니다.

이 비스마르크가 정치 초년병이었을 때 중요한 임무를 그 자리에서 받아들이자,

"이런 일을 거침없이 받아들이다니 용기가 있군." 하고 프리드리히 대왕이 말하자,

폐하께서 명령을 내리실 용기가 있으시다면 저에게는 복종할 용기가 있사옵니다."

하고 대답했다고 합니다.

　이 비스마르크는

　"일하라. 더욱 일하라. 죽을 때까지 일하라."
라는 말로도 유명합니다만, 역사를 만든 사람들에게
는 남과는 다른 강한 용기와 열의가 있었음을 알 수
있습니다.

　윈스틴 처칠도 말했습니다.

　"돈을 잃는 것은 적게 잃은 것이다. 그러나 명예를
잃는 것은 크게 잃은 것이다. 더더욱 용기를 잃는 것
은 전부를 잃는 것이다."
라고 말씀이지요.

　지금, 우리는 어떤 중요한 것을 잃고 있지나 않은 지
생각해 봐야 하겠습니다.

● **힌트** : 용기를 잃지 맙시다.

행복

●

역사가며 철학자였던 월 듀란트는 행복을 찾아 보기로 하였습니다.

열심히 배우고 연구를 했습니다만, 지식만으로는 행복해지지 않았습니다. 여행을 해 보았습니다만, 지루하기만 했습니다. 재산을 모아 보려고 했습니다만, 근심 걱정에다가 불화만 생겼습니다. 책을 쓰면서 내면 생활에 충실하려고 했습니다만, 피로만 쌓였습니다.

어느 날, 역 앞을 지나다가 낡은 자동차 안에 어떤 부인이 잠든 아이를 가슴에 안고 앉아 있는 모습을 보았습니다.

조금 후, 기차에서 내린 한 남자가 다가 오더니 부인과 아이에게 가볍게 입맞춤을 하고는 차를 몰고 사라

●

지는 것이었습니다.

그 때 월 듀란트는 갑자기 깨달았습니다. 방금 자기가 본 그 장면이 바로 행복이었다는 것을!

행복을 찾아 나섰다가 결국은 제 자리에 돌아온 후에야 행복을 발견한다는 이야기는 흔히 알려져 있습니다만, 이야기로 끝나거나 머리로만 그렇게 생각하는 데에 문제가 있습니다.

지금 여기 분명한 것은 우리의 마음이 중요합니다. 속으로 "아, 나는 행복하다."고 중얼거려 보십시요. 한결 행복한 느낌으로 변해 갈 것입니다.

● 힌트 : 행복을 멀리서 찾지 맙시다.

운運

●

'운이 좋다, 나쁘다.', '재수가 있다, 없다.' 하는 식으로 우리는 무심코 운이나 재수라는 말을 쓰고 있습니다만, 과연 운이란 있는 것일까요, 없는 것일까요.

어느 날 어떤 사람이 쟝 꼭또에게 물었습니다.
"선생님은 운명이란 것이 있다고 믿으십니까?"
"물론이지요. 운명을 믿지 않는다면 개떡 같은 친구가 성공하는 것을 어떻게 설명하란 말입니까?"

어쨌든 운이란 것을 없다고 생각하는 사람이나 있다고 생각하는 사람이나 운명론자가 되어서 운에만 자기를 맡길 수 없다는 것은 인정하실 것입니다.

●

운運이란 글자는 원래 '수레의 바퀴가 굴러서 길을 간다(運行)'는 것을 뜻한다고 합니다.

사실 인생이란 바퀴가 굴러서 가는 것처럼 평탄한 길도 있고 울퉁불퉁한 길도 있습니다. 평탄해서 잘 굴러갈 때는 운이 좋은 때인지도 모릅니다. 울퉁불퉁하거나 잘 굴러가지 못하는 경우는 운이 나쁜 때인지도 모릅니다.

그러나 운이 좋건 나쁘건 열심히 노력하지 않고 그냥 복이 굴러오기를 기다리고만 있다면 어떻게 되겠습니까?

어떤 운동선수가 '운명아, 길 비켜라. 내가 간다.'고 써붙이고 열심히 노력해서 성공한 경우도 있습니다.

불운이라고 생각할 때는 겸허하게 반성하면서 보다 더 노력하는 자세가 필요합니다.

● **힌트** : 노력하는 자세를 잃지 맙시다.

기회

●

어느 날, 쫀 워너메이커에게 어린 시절의 친구가 찾아왔습니다. 그 친구는 아주 딱한 형편에 놓여 있다는 것을 금방 알아볼 수 있을 정도로 남루한 모습이었습니다.

워너메이커는 친구를 우선 자기 그룹의 식당으로 데리고 가서 맛있는 것을 마음대로 먹도록 했습니다. 그리고는 돈을 두둑히 주고는 자기네 호텔에 묵도록 했습니다. 내일부터는 아주 멋진 일을 할 수 있게 주선해 주겠다는 약속까지 하고 말씀이지요.

그 이튿날, 친구는 오지 않았습니다. 호텔 지배인을 불러서 이러이러한 손님이 묵었을텐데 지금 무엇을 하고 있느냐고 물었습니다. 그런데 유감스럽게도 밤 사이에 그 친구는 급체로 세상을 떠났던 것입니다.

그 친구가 좀 더 일찍 워너메이커를 찾았더라면 아마도 그런 일은 없었을지도 모릅니다. 상의를 하고, 협조를 구할 필요가 있을 때는 늦기 전에 기회를 만들어야지 너무 늦어버리면 돕고 싶어도 돕지 못하는 불상사가 생기고 맙니다.

자만심이나 비굴감을 버리고 겸허한 자세로 도움을 청하면 도와줄 분은 반드시 있습니다. 사회는 도움을 받고 도움을 갚는 그런 사회라는 것을 생각해 보시기 바랍니다.

● 힌트 : 상부상조의 마음을 잊지 맙시다.

행운

●

워너메이커의 가난한 친구는 매우 운이 나쁜 경우라고 하겠습니다만, 행운이 스스로 굴러오는 경우도 있습니다.

일찌기 「타임즈」지의 빠리 특파원으로서 명성을 떨친 블로위즈라는 기자가 있었습니다.

젊은 시절 귀족 신분이던 집안이 기울고 부모마저 여의게 된 블로위즈는 미국으로 건너 가서 출세를 하겠다고 결심했습니다.

그런데 타고 있던 합승마차가 지독하게 흔들리는 바람에 입에 물고 있던 파이프가 부러지고 말았습니다.

가까운 담배 가게에서 새로운 파이프를 사서 돌아서려는 찰나 막 들어오려는 신사와 부딪히고 말았습

●

니다.

사과를 하며 용서를 빌자,

"자네는 블로위즈 군이 아닌가? 나는 자네 집안과 절친한 콜로라도 백작일세."

하는 것이었습니다. 그가 자신의 형편을 말하자 대단히 동정을 하면서

"내가 돌봐 줄 테니까, 함께 빠리로 가자."

고 권유하는 것이었습니다.

"만약, 내 파이프가 부러지지 않았더라면 빠리로 가지고 않았을 것이다."

훗날 블로위즈는 회상한 바 있습니다.

새옹지마塞翁之馬의 고사와 마찬가지로 불행이 행운이 되는 경우는 얼마든지 있습니다.

밝은 마음, 성실한 자세로 행운을 기다리면 언젠가는 행운이 나타납니다.

● **힌트** : 밝고 건실한 생활을 합시다.

거미식, 꿀벌식

거미는 그물을 쳐놓고 기다리다가 먹이가 걸리면 잡아먹습니다. 그래서 길목이 중요합니다.

만일, 먹이가 걸리지 않으면 다른 곳으로 옮겨서 집을 지어야 합니다.

꿀벌은 여러 곳을 돌아다니며 먹이를 모읍니다. 판매용어로 말하면, 거미는 '끌어들이기식(Pull)'이고 꿀벌은 '밀어 붙이기식(Push)'이라고 할 수 있습니다.

상품이 특수하거나 입지 조건이 좋으면 거미처럼 가만히 앉아서 오는 손님을 기다리면 됩니다. 그러나 그처럼 행복한 경우는 드뭅니다. 또 손님이 적다고 해서 쉽사리 점포나 업체를 옮길 수도 없습니다.

꿀벌은 먹이를 찾아서 꽃에서 꽃으로 찾아 다닙니

다. 꿀 1리터를 모으려면, 약 4천만 번이나 날아 다녀야 합니다. 집에서 꽃으로, 꽃에서 꽃으로, 꽃에서 다시 집으로 쉴 사이없이 날아 다니는 이유가 바로 거기에 있는 것입니다.

그러다가 어떤 때는 거미집에 걸려서 거미밥이 되기도 합니다만, 꿀벌은 불경기 탓을 하지 않고 꽃을 찾아 다닙니다.

거미가 소극적 정태적靜態的이라면 꿀벌은 적극적, 동태적動態的이라는 데에 큰 차이가 있습니다.

자, 우리는 어느 쪽을 택해야 할까요.

● 힌트 : 목표는 노력으로 달성합시다.

꿈을 실현시킬 수 있는 방법

●

경향신문의 「미주알 고주알」에 '꿈을 실현시킬 수
있는 방법'이라는 제목의 글이 있었습니다.

한 사람이 파티에 참석했다. 파티가 한창 무르익었
을 때 그는 자신의 마술 솜씨를 보여주겠다며 준비해
온 도구를 손님들 앞에서 펼쳤다.

그는 능숙한 솜씨로 빈 보자기 속에서 예쁜 파랑새 한
마리를 꺼내 보였다. 그는 계속해서 카드와 접시를 이
용한 몇 가지 재주를 더 보여서 손님들을 즐겁게 했다.

그의 멋진 마술 시범이 끝났을 때 사람들은 열렬한
박수로 보답했다. 이때 저 멀리 있던 한 부인이 그에
게 다가와, 다음 주 자신의 파티에도 참석해 줄 것을

요청했다. 그는 기꺼이 응했다.

그리고 1주일 후 그 파티에 참석했다. 상견례가 끝나고 흥겹게 파티가 무르익자, 그는 여주인에게 바이올린을 한 번 연주해 보겠다고 말했다.

"당신은 마술이 전문 아닌가요?"

"예, 그것도 조금은 할 줄 압니다."

그는 이렇게 대답하며 가져온 바이올린을 꺼내 연주를 시작했다. 그런데 그의 연주 솜씨는 놀랄 만했다. 신기에 가까운 그의 연주 솜씨. 연주 끝나고 모든 참석자들은 기립 박수를 보냈다.

이 날 바이올린을 연주했던 사람은 20세기 전반을 대표하는 바이올리니스트의 거장 F.크라이슬러 (1875~1962)였다.

무슨 비결로 그렇게 여러 재주를 가졌느냐는 질문에 그는 이렇게 대답했다.

"어떤 일도 원리는 같습니다. 끝없는 관심, 지속적인 노력, 그리고 이루고자 하는 열망입니다. 이렇게 해서 첫번째 일이 성취되면 자신감을 얻습니다. 그러면 두 번째 일부터는 그 경험까지 살려 전보다 더 쉽게 이뤄집니다. 보기에 전혀 달라 보이는 두 개의 일도 사실은 반드시 서로 깊은 관계가 있습니다. 문제는 첫번째 일을 완벽하게 처리하는 것이죠."

● 힌트 : 최선을 다합시다.

학습 고원

높은 곳에 평원처럼 계속되는 넓은 땅을 고원高原이라고 부릅니다. 고도가 상승하다가 어느 곳에서 평지가 되는 것입니다. 높은 산이 저기 보이는데 평지가 나타나는 것입니다.

공부를 하거나 어떤 기예技藝를 닦을 때, 처음 얼마 동안은 실력이 쑥쑥 늘다가 일정 수준이 되면서 답보 상태에 빠져 진보하지 않는 경우가 있습니다. 새로 시작한 어학 공부나 운동, 바둑, 장기 등에서도 볼 수 있는 현상입니다.

이런 상태를 심리학에서는 '플라토(Plateau) 고원현상'이라고 부릅니다. 다른 말로는 학습고원, 연습고원이라고도 합니다. 이것은 어떤 단계에서 다음 단계로 가기 위한 발판으로 간주되고 있습니다.

어떤 사람은 이 단계에서 실망하거나 낙담해서 '나는 머리가 나빠', '나는 소질이 없어.' 하는 식으로 포기하기도 합니다.

한때는 모든 공부나 연습에는 이런 현상이 나타나는 것으로 믿었지만, 지금은 보편적 현상이 아니라 학습의 종류, 연습 방법, 태도 등에 따라 전혀 나타나지 않을 수도 있다는 점이 밝혀졌습니다.

또한 학습고원의 존속 기간에도 차이가 있음을 밝혀 냈습니다. 일시적인 권태, 피로감이나 흥미의 상실도 슬럼프를 만드는 원인일 수 있다는 것입니다.

고원이라는 말에서 보듯이 어쨌든 일정 수준의 높이에 있는 상태입니다. 중지하면 그 상태에서 머물 것이고, 묵묵히 그 상태에서 계속해서 걸어가면 고원의 평지도 끝이 납니다. 고원을 건너 더 높은 곳에 도전하면 정상이 가까워집니다.

● 힌트 : 중단하지 맙시다.

슬럼프

한때는 크게 실력을 발휘하던 사람이 어떤 이유로 슬럼프에 빠져서 무력감, 좌절감, 허탈감으로 괴로워하는 경우를 봅니다.

'내 자신이 이렇게 무력하고 형편 없는 사람이었던가!'
하는 생각으로 실의에 빠져서 더욱 깊은 수렁으로 빠지기도 합니다.

『대지大地』라는 소설로 노벨상을 받은 미국의 여류작가 펄 벅은 이런 말을 했습니다.

"자기 스스로 무력하다고 생각하지만 않는다면 인간은 누구나 결코 무력한 것은 아니다."

또 러시아의 작가 고르키는

"재능이란 자기 자신을 믿는 것이고 자기의 힘을 믿는 것이다."

라고 했습니다.

사람은 누구나 한때에 가정도, 직장도 싫어지면서 능률도 오르지 않고 슬럼프에 빠지기도 합니다만, 어떻게 극복하고, 어떻게 재기하느냐가 중요합니다.

옆에 있는 누군가가 슬럼프에 빠져 있으면 끌어주고 격려해 주면서 도와줄 필요가 있습니다.

스스로 슬럼프에 빠진 듯한 느낌이 들 때면 스스로 극복하거나 누군가에게 도움을 청해서라도 그 늪에서 빠져 나와야 합니다.

펄 벅의 말대로 '스스로 무력하다고 생각하지 않는 것'이 중요하기 때문입니다.

● 힌트 : 슬럼프를 극복합시다.

제 3의 공간

●

우리는 대부분 가정과 직장이라는 두 개의 공간을 가지고 있습니다. 학생의 경우에는 물론 학교가 제2의 공간이 됩니다.

제1의 공간인 가정은 건강과 휴식을 주는 장소이고, 제2의 공간인 직장은 일을 하는 장소입니다. 이 두 개의 공간은 우리의 '생존'과 직결되는 장소입니다만, 우리 인간에게는 생존과 관계 없는 공간도 필요하다고 합니다.

우리는 흔히 열심히 일하는 모습을 가리켜 '개미처럼 일한다.'고 합니다만, 학자들이 연구한 것을 보면 부지런히 일만 하는 것처럼 보이는 개미들이 사실은 하루의 3분의 2는 놀고 있었다고 합니다. 놀 때는 먹

●

을 것이 있어도 쳐다보지도 않고 아무 목적없이 어슬
렁거리며 돌아다닌다는 것입니다.

작은 상자에 넣어서 놀지 못하게 했더니 방향 감각을
잃어서 우왕좌왕하면서 집을 찾지 못했다고 합니다.

이처럼 생존과 관계 없는 '놀이'의 공간을 가진 사람
이 그렇지 못한 사람보다 환경 적응 능력이 뛰어나다
는 주장입니다.

어쨌든 이러한 제3의 공간을 갖는다는 것은 인생을
윤택하게 하고 두뇌의 활동력을 재창조해 주기도 합
니다.

여기서 말하는 '놀이'란 말은 그냥 논다는 뜻이 아
니라, 동양화의 여백처럼 없는 듯 보이면서도 존재 가
치를 갖는, 그 어떤 것을 가리킵니다.

운동도 좋고, 취미 생활도 좋고 자기가 좋아하는 분
야의 공부도 좋습니다. 제3의 공간은 나만의 공간이
기도 합니다.

● 힌트 : 나만의 공간을 만듭시다.

제임스 랑게 이론

다음의 물음에 답을 생각해 보시기 바랍니다.

① 우리는 슬프니까 울고, 무서우니까 도망 가고, 즐거우니까 웃는 것이다.

② 우리는 우니까 슬퍼지고, 도망 가니까 무서워지고, 웃으니까 즐거워지는 것이다.

이 두 개의 물음 중에서 ②번이 맞다고 생각하는 이론을 '제임스 랑게 이론' 이라고 합니다.

19세기 후반, 미국과 독일에서 거의 동시에 발표되었기 때문에 미국의 윌리엄 제임스와 독일의 카알 랑게의 이름을 함께 붙여서 부르게 된 것입니다.

사실, 어린 애들을 보면 울다가 웃는 일도 있고 한참

울고 있는데, "왜 우니?" 하고 물으면 이유를 답하지 못하는 일도 있습니다. 울음의 이유가 슬픔이나 아픔이 아닌 경우입니다.

때로는 어른에게 떼를 쓰기 위해서 억지 울음을 울다가 진짜로 엉엉 우는 경우도 보게 됩니다. 이런 경우가 바로 억지 울음이나 슬픔이 진짜 울음이나 슬픔을 부른 경우라 하겠습니다.

이처럼 신체적 변화가 감정적 변화를 일으킨다는 점을 밝힌 것이 제임스 랑게 이론입니다만, 이 이론을 우리 생활에 적용하면 세상은 한결 밝아지게 될 것입니다.

우울할 때 명랑하게 행동하고, 의기 소침할 때 활력 있게 행동하면 실제로 그렇게 될 테니까 말씀입니다.

자, 오늘도 힘찬 하루를 만들어 갑시다.

● **힌트** : 행동으로 마음을 지배합시다.

밝은 인간관계

●

　누구나 즐겁고 유익한 인간관계를 바랍니다. 하지만 현실의 인간관계는 매우 복잡합니다. 연령과 학력이 다르고 입장과 사고방식도 다릅니다.

　그러나 그 모든 것을 초월하여 주어진 일을 함께 하고 주어진 목표를 함께 달성하지 않으면 안 됩니다.

　우리는 흔히 외견상으로 사람을 판단하거나 잘못된 선입관으로 판단하여 상대방의 좋은 점은 발견하지 못하고 자기만 옳다고 생각하는 일이 많습니다.

　하지만 인간관계에 있어서 가장 중요한 것은 다른 사람의 장점이나 아름다운 점을 애써 발견하려고 노력하는 것입니다.

　주위 사람들의 장점이나 아름다움을 발견함으로써

남을 생각하고 남의 입장을 배려하는 인간으로 성장할 수 있는 것입니다.

인간관계가 좋은 직장 생활, 인간관계가 좋은 사회 생활은 일이 즐겁게 되고 서로 협력적이 되어 그것이 곧 인생의 즐거움이 되면서 인간적인 성장도 가져옵니다.

좋은 인간관계를 유지하여 여기, 우리의 직장과 사회를 밝게 하도록 노력해 가야 하겠습니다.

● 힌트 : 상대방의 장점을 보도록 합시다.

독창성을 기르는 법

독창성이란 예술가나 학자에게만 필요한 것이 아니라 어떤 분야에서나 앞서 가려는 사람에게는 필수적인 조건이라고 할 수 있습니다.

독창성을 기르는 법을 소개해 보겠습니다.

1. 우선 머리를 비워서 고정관념을 없앨 것 : 타불라 라사(Tabula rasa)란 말은 아무 것도 써 있지 않은 백지 상태, 마음을 비운 상태이므로 무엇이건 있는 그대로 받아들인다.

2. 왜, 어떻게, 그렇게 되느냐에 대하여 현상을 부정하고 반문해 본다.

3. 자기 자신을 객관적으로 바라보는 눈을 가진다.

4. 자기의 목표를 항상 확인하면서 끈기있게 밀고

나간다.

5. 위축되었거나 눈치를 보지 말고 자유분방한 마음 가짐을 갖는다.

6. 시대의 흐름에 눈을 떼지 말고 미래의 흐름을 읽으려고 노력한다.

7. 잡지를 비롯하여 다양한 정보 흡수에 힘을 쏟되 다양한 정보를 얻어야 하고, 정보의 발신지를 찾아서 현장 확인을 하도록 한다.

8. 소설이나 예술 분야의 정보를 풍부히 하여 영감이나 힌트를 얻을 수 있는 문호를 넓게 한다.

9. 사람과의 만남의 폭을 넓게 하되 동업자나 직장 동료 이외의 사람에게까지 폭을 넓힌다.

● **힌트** : 독창성을 기릅시다.

프로와 아마추어

●

'봉급 생활자'를 영어로는 샐러리맨(Salaried man) 이라고 부릅니다만, 봉급을 뜻하는 이 '샐러리'란 말은 원래는 '소금'을 뜻한 말입니다.

그 옛날 로마시대에는 어느 집에서나 꼭 필요한 소 금을 급료로 지급했기 때문입니다.

한마디로 봉급 생활자라고 해도 여러 가지 종류가 있습니다. 업종의 차이, 급료의 차이는 물론입니다만, 일을 대하는 자세에 있어서도 차이가 있습니다.

그러나 크게 나누어 프로와 아마츄어 두 가지가 있 다고 하겠습니다.

프로와 아마츄어의 차이는 크게 세 가지로 나눌 수 있습니다.

1. 아마츄어는 현상 유지형으로서 변화를 싫어 하고 현실에 만족하는 사람이고, 프로는 현상타파現狀打破의 정신을 가지고, 문제를 해결하고 더 좋은 방향으로 개선하려는 사람입니다.

2. 아마츄어는 목표가 막연하고 무엇을 위해서 일하는 지 잘 모르는데 반하여 프로는 노력하면 도달할 수 있는 목표를 분명히 확립하고 있는 사람입니다.

3. 아마츄어는 변명이나 구실이 많고 그것도 자기 이외의 탓으로 돌리는 데 반하여 프로는 변명이나 구실을 찾는 것이 아니라 해결책을 찾고, 성공이 가져다 주는 정신적인 보수(만족감)에 뜻을 둡니다.

● **힌트** : 프로의 자세를 기릅시다.

모험적 목표

노만 빈센트 필 박사는 그의 저서 『적극적인 정신자세』에서 렌 루소드란 인물과의 만남을 소개하고 있는데, 이 렌 루소드의 일화는 우리가 목표를 세우는 데 큰 도움을 줄 것입니다.

'렌 루소드는 청년 시절, 인생의 목표를 모험적인 생生을 위해서 설정하였다. 그리하여 그는 고교 시절에는 격렬한 운동 선수로, 그리고 대학에서는 철학도로서 모험적인 논쟁의 명수였다. 또 공군에 입대해서는 하늘을 날으는 스릴을 만끽하면서 지냈고, 전쟁터에서는 마치 죽기 위해 싸우는 듯했다. 그러나 전쟁이 끝나자마자 그는 참으로 절망적인 허탈에 빠지고 만다. 자신이 너무나 맹목적인 인생을 살아왔다는 허탈에 빠졌던 것이다.

이때 렌은 필 박사를 만나게 되었고, 필 박사의 인품에 끌려 주급 25달러라는 당시로서는 생활비로도 충당되기 어려운 급료를 받고 필 박사가 발행하는 「가이드 포스트」지 발행을 함께 거들었다.

세월이 흘러 백만 부에 가까운 발행 부수를 가진 「가이드 포스트」지가 세계적으로 유명한 종교 잡지가 된 것처럼, 렌 루소드란 이름 역시 「가이드 포스트」지의 편집장으로 명성을 얻었다.

렌은 그 때서야 비로소 모험적인 인생이 얼마나 무의미한지를 깨닫게 되었다.'

모험적인 목표는 극히 찰나적인 상태에서 세워지는 경우가 많습니다. 만약 사회인으로 착실하게 성장해 가던 당신이 전혀 다른 분야의 전문적 기술의 부족으로 인해 심한 상처를 받았다고 한다면 지금부터 당신을 상처 받게 했던 그 기술을 익힐 수는 없지 않습니까.

변호사의 무능이 분해서 만 5년째 법률 서적을 뒤적이며 고시 준비를 해오고 있다는 어느 30대 직장인의 이야기를 듣는다면, 당신은 과연 어떤 느낌을 받을까요. 박수를 치면서 그의 무모한 모험을 격려할 수만은 결코 없을 것입니다.

목표를 정하는 데 있어 가장 중요한 것은 결코 무모한 모험심을 가져서는 안 된다는 것입니다. 그 목표의 영광이 강렬하게 자기 내부의 욕망을 자극한다고 해도 당신의 인생을 모험으로 엮어갈 수는 없습니다.

모험적인 목표는 착실한 성장보다는 언제나 위험스런 결단을 요구합니다. 그것은 오기에 불과할 뿐이며 도박이라고 부르는 후회스러운 승부수에 지나지 않습니다.

쉽게 타오르는 불길은 쉬 사그러집니다. 인생의 욕망은 한낱 불꽃과 같이 사그러드는 찰나적인 것에서 만족의 쾌감을 가져다주지 않습니다. 진지하게 한 계단 한 계단 당신의 역량에 알맞게 살아감으로써 무한한 인생의 가능성은 펼쳐집니다.

모험심이란 청춘의 환상을 자극하는 순간적 쾌락 그 이상을 가져다주지 못한다는 것을 알아 둘 필요가 있습니다.

● **힌트** : 신중하게 목표에 접근합시다.

취업 5계

경기가 다소 나아졌다고는 하나 취업 준비생들에게는 여전히 낙타가 바늘 구멍에 들어가기보다 어렵습니다.

한편 기업들의 경력자 위주 채용과 수시 채용이라는 채용 패턴은 미취업자들을 더욱 곤혹스럽게 만들고 있습니다.

여기 참고 삼아 취업 준비생들을 위한 '취업 5계'를 소개합니다.

① 아르바이트를 하라

자신의 취업 희망 분야와 관련 있는 아르바이트를 선택한다. 최근 기업들이 중시하는 '경력 관리'를 위해 아르바이트나 인턴십을 활용하면서 준비하는 것도 괜찮은 방법. 근무 회사의 임원에게서 추천서를 받으면 더욱 유리하다.

② 전문 지식을 쌓아라

아무런 정보없이 면접에 임하지 말고 미리 희망 업종이나 기업에 대한 정보를 파악하는 것이 유리하다. 관련 전문지 등을 통해 정보를 얻고 이를 발췌·정리해 면접 때 활용하면 좋다.

③ 능동적 자세로 면접에 임하라

면접관에게 질문을 던질 수 있다는 역발상도 필요하다. 물론 반드시 예의를 지키고 최대한 절제된 가운데 질문해야 한다.

④ 취업 강좌를 수강하라

취업을 준비하는 졸업 예정자라면 방학 동안 학교에서 마련하는 각종 특강 등을 수강하는 것도 좋은 방법이다. 어차피 7~8월이 지나야 채용이 시작되므로 방학 동안 희망 취업 분야의 관련 특강을 듣는 것도 큰 도움이 된다.

⑤ 인적 네트워크를 구축하라

채용 박람회와 취업 설명회는 빠짐없이 참가하라. 취업에 도움이 되는 인적 네트워크를 만들기에 좋은 장소이다. 참가 업체들을 미리 조사하고 관심 있는 회사의 관계자에게 얼굴 도장을 찍어두는 것이다.

목마른 자가 우물을 찾는 법입니다. 사회 전반적인 분위기와 경제에 관심을 두고 주의 깊게 살펴본다면 자기에게 맞는 직업을 구할 수 있을 것입니다.

● 힌트 : 발로 뛰어 다닙시다.

리더의 등급

●

옛날의 군대는 지금과는 비교가 되지 않을 정도로 장수將帥의 비중이 커서 상대편 장수의 이름만 듣고도 사기에 영향이 미치기도 했습니다.

장수의 기량이나 그릇이 그 만큼 중요했습니다만, 제갈공명諸葛公明은 이 장수의 그릇을 여섯 가지로 분류해서 설명하고 있습니다.

장수란 말을 오늘날의 표현으로 바꾸면 상사 또는 리더라는 말이 되겠지요.

1. 배반할 사람을 가려내고, 위기를 예견할 줄 알고, 부하를 잘 통솔하면, 열 명의 리더(十人之將)가 될 수 있고,

2. 아침부터 밤까지 일하고, 언변言辯이 신중하고

능하면 백 명의 리더(百人之將)가 될 수 있고,

3. 부정을 싫어하고, 사려가 깊으며, 용감하고 전투 의욕이 왕성하면, 천 명의 리더(千人之將)가 될 수 있고

4. 겉으로는 위엄이 넘치고, 속에는 불타는 투지가 있으며 부하의 노고를 동정하는 마음씨가 있다면, 만 명의 리더(萬人之將)가 될 수 있고,

5. 유능한 인재를 등용함은 물론 자신이 매일매일 수양에 힘쓰며 신의가 두텁고, 관용할 줄 알며, 항상 동요함이 없으면 십만 명의 리더(十萬人之將)가 될 수 있고,

6. 부하를 사랑하고, 경쟁자에게도 존경 받고 지식이 풍부하여 모든 부하가 따른다면 천하 만민의 리더(天下萬民人之將)가 될 수 있다고 했습니다.

자, 우리는 지금, 어느 정도의 그릇에 해당되는 것일까요?

● 힌트 : 그릇을 키워 갑시다.

실패의 원인

●

어떤 종류의 실패이건 한 번도 실패를 하지 않은 사람은 없습니다. 그리고 또한, 대부분의 사람은 어떤 형태로든 실패를 극복하고 훌륭히 재기하여 멋진 인생을 보내고 있습니다.

가능하다면, 한 번도 실수를 하지 않고 승승장구하기를 바라는 것이 인지상정人之常情입니다.

그러나 예기치 않은 실패를 맞게 되는 경우도 있고 사전 준비가 부족하거나 인간적인 결점 때문에 실패하는 경우도 있게 됩니다.

① 자기의 장점과 결점을 잘 모른 경우

자기를 과대평가하거나 자만심이 강해서 자기가 하면 무조건 성공할 것으로 착각하는 것. 성격적으로 적

●

극성이 부족한데도 적극성이 필요한 일에 도전하는 것도 한 예이다.

②현실 감각의 부족

세상의 흐름을 읽지 못한 경우와 현실 세계는 냉혹한 경제 원칙에 의해 지배된다는 점을 간과한 경우, 세상을 자기편으로 생각하다가 코가 베이는 경우도 많다는 점을 염두해 두어야 한다.

③실패의 위험에 대한 대비책 부족

사전 준비가 부족하거나 부주의로 인해서 실패를 했을 때 재빨리 대처할 수 있는 인적, 물적 대비책을 갖추지 못한 경우에는 회복 불능의 실패로 끝난다.

성공자와 실패자는 마음가짐에서부터 큰 차이가 난다는 점을 말씀드린 적이 있습니다만, '공격이 최상의 수비'라는 말도 있듯이 소극적, 도피적 자세에서 적극적, 긍정적으로 변신해 가는 것도 실패를 피하는 한 방법이라는 점을 항상 염두에 두어야 하겠습니다.

● 힌트 : 일의 핵심을 알고 적극적으로 대처합시다.

실패와 패배는 다르다

●

우리는 누구나 살아가면서 크건 작건간에 실패를 한 경험이 있을 것입니다.

학교 시험에 실패한 사람도 있고, 연애에 실패한 사람도 있고, 사업에 실패한 사람도 있습니다. 그러나 실패는 패배가 아닙니다.

한 두 번도 실수가 실패를 하지 않은 사람은 아무도 없습니다. 지금은 일류 선수가 된 운동 선수들도 수많은 실수를 범하면서 성장하여 지금은 같은 에러(error)를 범하지 않게 된 것이고, 지금은 재벌이 된 경영자들 중에도 많은 실패를 경험하면서 성장해 온 분이 많습니다.

예술가나 학자나 종교가 중에도 그런 분은 많습니

다. 패배하는 사람과 성공하는 사람의 차이는 그 실수나 실패 때문에 좌절해서 주저 앉느냐 그것을 경험으로 삼아서 더욱 분발하고 노력하느냐의 차이에 있습니다.

그러나 조심할 것은 돌이킬 수 없는 실패도 있다는 점입니다. 목숨을 잃을 정도의 실패 말입니다.

그러나 대부분의 실패는 개선하고 노력하면 뛰어넘을 수 있는 실패입니다.

한 번의 실패를 영원한 패배로 착각(!)하는 데에 돌이킬 수 없는 비극이 생깁니다. 실패는 패배가 아니라 성장하기 위한 시행 착오라고 해야 할 것입니다.

● **힌트** : 실패에 좌절하지 맙시다.

도전과 도피

●

우리는 매일매일을 어떤 마음가짐으로 일하고 있을까요?

① 마지 못해 일하고, 퇴근 시간을 애타게 기다리고, 요령을 피우고, 가능하다면 게으름을 피우고 싶다.

② 시작할 때는 서두르지만, 적극성이 없고 자리만 채우고 그저 멍청히 매일매일을 보내고 있다.

③ 항상 진보적인 생각으로 "내가 아니면, 누가 하랴!" 하고 남이 싫어하는 일에도 솔선하여 열심히 달라 붙는다.

최근 어느 직장에서나 사람의 중요성과 마음가짐의 중요성이 강조되고 있습니다. 일하는 마음은 사람마다 각양각색이어서 여러가지 갈등이 생기는 것도 사

●

실입니다.

열심히 일하는 사람은 어느 곳에서나 환영 받게 마련입니다만, 최근의 젊은이들 중에는 "내게는 일이 맞지 않는다."고 간단하게 불평하는 사람이 늘고 있습니다. 이상과 현실의 틈에서 비명을 지르며 허무한 도주를 하는 사람도 많습니다.

그러나, 일이 자신과 맞는다 안 맞는다를 가릴 것이 아니라 싫어도 공부를 했던 것처럼 도전하고 극복하고 실력을 쌓아간다는 자세가 무엇보다 중요하다고 생각됩니다.

● **힌트** : 진보적인 생각으로 일을 합시다.

실패의 극복

●

일반적으로 직장인이 실패하는 경우는 크게 나누어 두 가지로 생각할 수 있습니다.

그 첫째는 일이기 때문에 경험이나 지식이 부족해서 생기는 실패이고, 다른 하나는 너무 익숙한 나머지 대수롭지 않게 여기는 경우입니다.

앞의 경우는 이미 알고 있는 사람에게 물어보거나 스스로 공부를 하지 않은 것이 원인이고 뒤의 경우는 '눈을 감고도 할 수 있다.'고 하는 건방진 자만심이 원인입니다.

어떤 일에 실패했을 경우에 그 실패를 거울 삼기 위해서는 충분히 원인을 반성하고 새로운 방법을 적극적으로 검토해 볼 필요가 있습니다. 중요한 것은 같은 실패를 두 번 다시 반복하지 않는 것이기 때문에 좌절하지 말고, 심기일전하여 "자, 다시 하자."라는 자세로 임해야 합니다.

그렇게 하므로서 같은 실패를 반복하지 않을 뿐만 아니라 자신의 약점을 개선함과 동시에 더욱 강한 인간으로 성장해 가는 것입니다.

실패는 자기의 결점을 알게 해주고 어떠한 방향으로 노력해야 좋은 지를 가르쳐 주는 절호의 찬스라고 생각해야 하겠습니다.

● **힌트** : 실패는 절호의 찬스라고 생각합니다.

실패를 성공으로

●

미국의 한 작은 비누공장 직원이 점심식사에 나가면서 기계 작동을 끄는 것을 잊었습니다. 한 시간 후에 돌아와 보니 기계는 고사하고 아무것도 보이지 않았습니다.

'이 문제를 어떻게 해결하나!'

버린다는 것은 아깝기도 했지만, 간단한 문제도 아니었습니다. 머리를 짜서 생각해 낸 것이 그 거품을 눌러서 비누 모양을 만드는 것이었습니다. 물 위에 뜨는 비누, 아이보리 비누의 탄생이었습니다.

원래 이 회사는 양초 회사였지만, 에디슨의 전등 때문에 고전을 면치 못하던 때에 거품 사건을 멋지게 해결한 덕에 거품처럼 성장했던 것입니다.

●

그 회사의 이름은 지금의 재벌이 된 프록트 앤드 갬블입니다.

유타 주에 살던 한 청년이 워싱턴의 여름이 무섭게 덥다는 데에 착안해서 나무 뿌리의 즙을 원료로 한 루트비어(root beer : 뿌리맥주)란 청량음료를 독점 판매하게 됩니다. 대히트였습니다. 그런데 웬일입니까?

여름이 지나고 겨울이 되어 살을 에이는 바람이 불자, 손님이 딱 끊어지는 것이었습니다. 실패였습니다.

이 문제를 어떻게 하나! 그러나 그는 문제를 풀었습니다. 점포 이름을 핫숍(hot shop : 더운 가게)라고 고치고 더운 수프며 매운 멕시코 요리며 따끈따끈한 음료를 팔기 시작했습니다. 대히트였습니다. 50년이 지난 후 서른네 개의 호텔, 사백오십 개의 레스토랑을 가진 대재벌이 되었습니다.

그의 이름은 죤 월라드 메리오트였습니다.

● 힌트 : 문제 해결의 방법을 찾읍시다.

동반자

●

영국의 어떤 신문사가 현상 광고를 냈습니다.

'런던까지 가장 빨리 가는 법을 가르쳐 주는 분에게 후사 하겠음.'

많은 사람들이 응모를 했습니다. 우리가 응모를 한다면 어떤 답을 쓸 수 있을까요?

영예의 대상은 '런던까지 가장 빨리 가는 좋은 동반자同伴者를 갖는 것'이라는 대답이었다고 합니다.

"과연 명답이구나!"

하는 감탄이 절로 나옵니다.

동행자 또는 동반자라는 말은 함께 가는 사람, 함께 하는 사람이라는 뜻이지만, 좋은 동반자란 친구일 수도 있고, 애인일 수도 있고, 배우자일 수도 있습니다.

사실 함께 있으면 즐겁고 시간가는 줄 모르는 사람, 힘든 일도 고되게 느끼지 않고, 서로가 격려가 되어주는 사람, 때로는 밀어주고 끌어주는 사람, 그런 동반자가 곁에 있으면 런던까지가 아니라 지구 끝까지도 빨리 갈 수 있을 것입니다.

그런 사람이 곁에 있을 때 인생은 그야말로 장밋빛으로 빛나게 됩니다.

가정이건 직장이건 좋은 동반자가 있을 때 밝고 건강한 분위기가 됩니다.

이해하고 격려하고 기꺼이 도와주려는 마음가짐, 이기주의를 버리고 어려움을 함께 풀어가려는 마음가짐, 그런 마음가짐을 가질 때 좋은 동반자가 됩니다.

● **힌트** : 이기주의를 버립시다.

한솥밥

한 청년이 어떤 작은 회사에서 면접 시험을 보고 있었습니다.

사장 : 지금 충원할 자리는 부사장 자리인데, 이 자리를 맡을 사람은 내 걱정거리를 해소해 주어야 하네.

청년 : 어려운 일이군요. 그런데 급료는 얼마나 되는지요?

사장 : 우리가 한솥밥을 먹게 되어, 정말 내 고민을 해소해준다면 연봉 5천만 원, 아니 그 이상도 줄 수 있네.

청년 : 좋습니다. 그런데 그 금액을 과연 제때에 주실 수 있으신지요?

사장 : 그게 바로 지금 처리할 걱정거리일세.

옛날 살기 어려운 시대에는 한솥밥을 먹는 가족간이라도 끼닛거리가 있는지 없는지도 모르고 그냥 먹기만 한 사람도 있었습니다. 어린것들은 물론이고, 샌님 양반은 헛기침만 하며 밥상 오기만 기다리고 시아버지는 밥투정(?)을 하기도 했습니다.

어른들 밥상에서 먹을 것이 남아서 나오기를 기다리는 가족도 있었습니다. 시아버지나 남편, 자녀들의 밥을 푸고 나서 누룽지 정도 남은 밥을 드시는 어머니의 모습도 흔히 볼 수 있었습니다.

한솥밥을 먹는다고 해도 살림 걱정을 해야 하는 쪽은 괴로운데 사정도 모르고 그냥 먹는 쪽은 투정하기 일쑤입니다.

'한솥밥을 먹는다', '같은 배를 탄다'는 말은 한 울타리 안에서 같은 목적의 일을 할 때 사용하는 말임을 아실 것입니다.

그런데 어떤 사람들은 한솥밥을 먹는다고 하면서

끼니 준비의 어려움을 모르고 밥투정을 하거나, 같은 배를 타고서도 열심히 노를 젓는 사람을 곁눈질하면서 휘파람을 불며 낚시를 하거나 합니다.

때로는 집단이기주의를 발동하여 솥을 뒤엎거나 배를 침몰시키기도 합니다.

공동체 의식이 없는 사람에게는 '한솥밥', '같은 배'라는 말을 아예 못 쓰게 하는 법이라도 만들면 어떨까요?

● 힌트 : 공동의식을 가지십시다.

적극적 사고의 10가지 비결

성공한 사람들에게는 생활 신조로 삼는 인생의 비결이 있습니다. 오늘은 우리가 따르고 이행해야 할 10가지 비결을 소개해 드릴까 합니다.

이 원리를 성실히 이행하면 감격과 성취와 성공의 탑을 정복할 수 있을 것입니다. 이 비결을 다른 말로 바꾸면 '적극적 사고를 위한 10가지 비결'이라고 부를 수 있습니다.

막연한 희망에 머물 것이 아니라 먼저 이 원리를 충실히 실행하시도록 권하고 싶습니다.

① 당신은 '불가능하다'고 하는 생각을 절대로 하지 말라.

② 당신은 어려운 문제가 포함된 어떤 유익한 생각에 직면했을 때 낙심하지 말고 끝까지 그 문제 해결을 위해 노력하라.

③ 당신은 당신에게 주어진 어떠한 가능성을 부인하지 말라. 왜냐 하면, 당신은 이미 실패한 경험이 있고 지금은 그 열쇠만을 찾지 못했기 때문에 아직 가능성은 충분하다.

④ 당신은 어떤 일에 대해 실패할 위험이 있다고 해서 결코 계획을 포기하지 말라.

⑤ 당신은 잠재적으로 어떠한 훌륭한 제안을 거부하는 데에 결코 참여하지 말라. 물론 훌륭한 제안이라고 해서 모두가 다 완벽한 것은 아니지만.

⑥ 당신은 어떠한 일정한 일이나 문제에 대해 지금까지 어떤 사람도 성공하지 못했다고 해서 당신도 마찬가지라는 생각은 갖지 말라. 남과 비교하여 창조적인 생각을 억압하는 것은 금물이다.

⑦ 당신이 개발한 시간과 돈과 두뇌와 정력과 재능과 기술이 부족하다고 해서 어떠한 건설적인 아이디

어를 불가능하다고 쉽게 단정하지 말라.

⑧ 당신은 스스로 불완전하다고 해서 어떠한 계기나 장래의 설계를 결코 포기하지 말라.

⑨ 당신은 지금까지 스스로 생각하지 못했고, 확신도 못 가졌고 또 거기에서 개인적으로 유익함이 없었다고 해서 어떠한 제안을 거부하지 말라. 만약 그렇지 않으면 당신은 당신의 목표가 이루어지는 기쁨을 맛보지 못할 것이다.

⑩ 당신은 밧줄의 끝에 이르렀다고 해서 결코 중단하지 말라. 한 가지 목표가 달성되면 더 높은 새로운 목표를 설정하고 계속해서 전진하라.

우리는 대개 이론이나 원리, 지침이나 비결을 개념적으로 이해하는 데에 그치는 수가 많습니다. 이제 이 10가지 원리를 생활화하여 꿈을 실현해 갑시다.

● **힌트** : 실천력을 기릅시다.

성장형 인간의 일곱 가지 조건

모든 일은 양지와 음지, 두 가지 측면으로 볼 수가 있습니다. 어떤 사람은 양지쪽을 보고, 어떤 사람은 음지쪽을 보고 있어서 인생의 종착역이 크게 달라지는 것을 볼 수 있습니다.

성장형 인간이 보는 양지쪽 측면이란 다음과 같은 것입니다.

① 꿈, 이상, 목표 - 달성하려고 하는 종착역이 없으면 노력의 의미가 없고, 열의가 나지 않는다.

② 건강 - 건강은 활동의 원동력이자 행동력의 원천이다. 건강 관리란, 그냥 장수하겠다는 막연한 희망의 차원을 넘어 활력적이 되기 위한 것이다.

③ 일에 대한 열의 사랑 - 일에 대한 열의와 사랑이

없으면 성과가 오르지 않을 뿐만 아니라 보람을 느낄 수 없다.

④ 학구열 - 배워서 발전하겠다는 자세를 갖지 않으면 제자리 걸음으로 끝날 가능성이 많다.

⑤ 인맥 - 많은 사람을, 그것도 이질적인 사람을 많이 만나고 경청하는 태도를 기른다.

⑥ 적극성 - 불가능을 생각지 말고, 어떻게 하면 가능하게 되는가를 찾아낸다.

⑦ 자립심 - 자기의 실력으로 돌파해야 한다. 결과가 좋지 않을 때는 자기의 노력이나 실력이 부족하다고 생각한다.

● 힌트 : 성장하는 인간이 됩시다.

성공의 비결

●

대부분의 사람들은 성공한 사람을 부러워하고 또한 자신도 성공하기를 바랍니다. 그런데 흔히들 성공이라고 하면 입신출세立身出世 만을 뜻하는 줄로 잘못 생각하는 사람들도 있습니다.

강철왕 앤드류 카네기는 이렇게 말했습니다.

"성공의 비결은, 어떤 직업에 있든 간에 그 분야에서 제1인자가 되려고 하는 데에 있다."

카네기도 젊었을 때는 많은 직업을 전전했습니다. 방직 공장에서는 실을 감는 일을, 증기 기관차에서는 화부의 일을, 그리고는 우편 배달원, 철도원의 일도 했습니다.

어떤 일을 맡건 카네기는 항상 신념을 가지고 세계

●

제일이 화부, 세계 제일의 철도원이 되겠다고 결심을 했다는 것입니다. 드디어는 세계 제일의 부호가 되었습니다만, 그는 항상 말했습니다.

"나는 나에게 주어진 일에 전심 전력을 다했기 때문에 성공한 것이다."

그러면 우리들의 성공의 비결은 무엇일까요. 세계 제일의 그 무엇이 되겠다고 한다면, 지금으로서는 너무 큰 목적일지도 모릅니다.

그렇다면, 한국에서 제일, 우리 직장에서 제일, 우리 친구들 중에서 제일… 하는 식으로 한 단계 낮추는 것도 하나의 방법입니다.

내가 바라는 성공에의 길은 우선 높은 목표를 갖는 일에서 시작됩니다.

● **힌트** : 1인자가 됩시다.

직장은 인생의 학교

직장을 감옥과 같다고 생각하는 사람이 있는가 하면 많은 일을 배울 수 있고 많은 사람을 만날 수 있고 뜻을 펼 수 있는 곳이라고 생각하는 사람도 많습니다.

직장이란, 어떤 면에서 보면 돈을 받으면서 공부를 할 수 있는 곳이기도 합니다. 학비를 내면서 매를 맞으면서 다니던 학교와는 달리 돈을 받으면서 배우는 학교라는 말입니다.

처음 취직을 했을 때는 신입생과 마찬가지이지만, 해가 가면서 상급반으로 올라갑니다. 그렇게 계속 올라가다가 정년이나 은퇴의 시가가 되면 졸업을 하게 됩니다.

그 동안에 배우는 하나 하나의 일이 실력이 되고 관

록이 되고 명예가 됩니다. 그리고 그에 따라서 높은 점수를 받고, 보수도 많아집니다.

직장을 감옥이라고 생각하는 사람은 출옥을 해도 또 다시 감옥을 만나기 때문에 언젠가는 도태되고 맙니다. 직장을 인생의 학교라고 생각하는 사람은 계속 배우며, 계속 성장해 갑니다.

무엇이건 배워서 실력으로 쌓아가겠다고 생각할 때 성공은 자연스럽게 눈앞에 다가옵니다.

● **힌트** : 배우는 자세를 잊지 맙시다.

성공자와 실패자

●

'디아스포라'란 말은 유대인 중에서 자기들의 고향인 팔레스티나를 떠나서 유대적인 전통과 생활 습관을 유지하던 사람들 또는 그들의 거주지를 가리키는 말입니다.

유대인 중에는 기원전 8세기경 고대의 이스라엘 왕국이 앗시리아의 침입으로 멸망하자 고국을 떠나기 시작했고, 그 후에도 수 많은 침략을 받았기 때문에 뿔뿔이 흩어져 분산되어 간 사람들이 많았습니다.

디아스포라란 그리스어로 '분산(流民化)'을 뜻하는 말로서 객지에서 유랑생활을 하던 사람들 또는 그들의 거주지를 뜻하게 된 것입니다.

이들은 특히 적응성, 융통성이 뛰어난 것으로 알려

져 있습니다만, 기독교도는 이자 취득을 해서는 안 된다는 점을 이용하여 고리대금업, 전당포, 혼전상換錢商, 고물상 등을 하거나 군주의 보호를 받기 위하여 세금을 거두는 직업에 종사하기도 해서 경제 생활에서는 안정을 얻을 수 있었으나 그 때문에 항상 박해와 차별 대우를 받아야 했습니다.

유대인의 정신적 지주支柱는 『탈무드』 속에 기록되어 있으며, 지금도 추가되고 보전되어서, 대대로 전해진 것이라고 합니다.

여기에 소개하는 디아스포라의 가르침 '성공자와 실패자' 는

① 의지의 정신
② 목표의 정신
③ 패기의 정신
④ 개척의 정신
⑤ 도전의 정신
⑥ 창조의 정신
⑦ 의욕의 정신

⑧ 겸허의 정신

⑨ 희생의 정신

모두 아홉 가지로 되어 있습니다만, 유랑과 박해 속에서도 승리한 '유대인의 지혜'를 보여주는 좋은 예라고 하겠습니다.

① 의지의 정신

승자는 실수했을 때 "내가 잘못 했다."고 말한다.

패자는 실수했을 때 "너 때문에 이렇게 되었다."고 말한다.

승자의 입에는 솔직함이 가득 차고, 패자의 입에는 핑계가 가득 찬다. 승자는 "예"와 "아니오"를 확실히 말하고 패자는 "예"와 "아니오"를 적당히 말한다.

승자는 어린 아이에게도 사과할 수 있고 패자는 노인에게도 고개를 못 숙인다. 승자는 넘어지면 일어나 앞을 보고 패자는 넘어지면 일어나 뒤를 본다.

② 목표의 정신

승자는 패자보다 더 열심히 일하지만 시간에 여유가 있고 패자는 승자보다 게으르지만 늘 "바쁘다. 바쁘다."고 말한다.

승자의 하루는 25시간이고 패자의 하루는 23시간밖에 안 된다. 승자는 열심히 일하고 열심히 놀고 열심히 쉰다. 패자는 허겁지겁 일하고 빈둥빈둥 놀고 흐지부지 쉰다.

승자는 시간을 관리하며 살고 패자는 시간을 끌며 산다. 승자는 시간을 붙잡고 달리며 패자는 시간에 쫓겨서 달린다.

③ 패기의 정신

승자는 지는 것도 두려워하지 않는다. 패자는 이기는 것도 은근히 염려한다. 승자는 과정을 위하여 살고, 패자는 결과를 위하여 산다. 승자는 순간마다 성취의 만족을 경험하고 패자는 영원히 성취의 만족을 경험하지 못한다.

승자는 구름 위에 태양을 보고, 패자는 구름 속의 비

를 본다. 승자는 넘어지면 일어서는 쾌감을 알고 패자
는 넘어지면 재수를 한탄한다.

④ 개척의 정신

승자는 문제 속에 뛰어든다. 패자는 문제의 변두리
에서만 맴돈다. 승자는 눈을 밟아 길을 만든다. 패자
는 눈이 녹기를 기다린다. 승자는 무대 위로 올라가
며, 패자는 관객석으로 내려간다.

승자는 실패를 거울로 삼으며, 패자는 성공을 휴지
로 삼는다. 승자는 바람을 돛을 위한 에너지로 삼고,
패자는 바람을 보면 돛을 거둔다.

승자는 파도를 타고, 패자는 파도에 삼켜진다. 승자
는 돈을 다스리고, 패자는 돈에 다스림을 당한다.

승자의 주머니 속에는 꿈이 있고, 패자의 주머니 속
에는 욕심이 있다.

⑤ 도전의 정신

승자가 즐겨 쓰는 말은 "다시 한 번 해보자." 이고

패자가 자주 쓰는 말은 "해 봐야 별 수 없다."이다. 승자는 차라리 용감한 죄인이 되고, 패자는 비겁한 요행을 믿는다.

승자는 새벽을 깨우고 패자는 새벽을 기다린다. 승자는 일곱 번 쓰러져도 여덟 번 일어서고 패자는 쓰러진 일곱 번을 낱낱이 후회한다.

승자는 달려가며 계산하고 패자는 출발도 하기 전에 계산부터 한다.

⑥ 창조의 정신

승자는 다른 길이 있을 것이라고 생각하나 패자는 길은 하나 뿐이라고 생각한다. 승자는 더 나은 길이 있을 것이라고 생각하나 패자는 갈수록 태산일 것이라고 생각한다.

승자의 방에는 여유가 있어서 자기 자신을 여러 모양으로 변화시켜 본다. 패자는 자기 하나가 꼭 들어갈 만한 상자 속에서 스스로를 가두어 놓고 산다.

⑦ 의욕의 정신

승자는 등수(等數)나 상(賞)과는 상관없이 달린다. 그러나 패자의 눈은 줄곧 상 하나만을 바라본다. 승자의 의미는 달리는 모든 코스에 득 평탄한 신작로와 험준한 고갯길 전체에 깔려있다. 그러나 패자의 의미는 오직 결승점에만 있다.

따라서 승자는 꼴찌를 해도 의미를 찾으나 패자는 일등을 차지했을 때만 의미를 느낀다. 승자는 달리는 도중 이미 행복하다. 그러나 패자의 행복은 경주가 끝나보아야 결정된다.

⑧ 겸허의 정신

승자는 자기보다 우월한 자를 보면 존경하고 그 사람으로부터 배울 점을 찾는다. 패자는 자기보다 우월한 자를 만나면 질투하고 그 사람의 갑옷에 구멍난 곳이 없는지 찾으려 한다.

승자는 자기보다 못한 자를 만나도 친구가 될 수 있으나, 패자는 자기보다 못한 자를 만나면 즉시 보스가 되려고 한다.

승자는 강한 자에게는 강하고 약한 자에게는 약하나 패자는 강한 자에게는 약하고 약한 자에게는 강하다.

⑨ 희생의 정신

승자는 몸을 바치고, 패자는 혀를 바친다. 승자는 행동으로 말을 증명하고, 패자는 말로써 행위를 변명한다. 승자는 책임지는 태도로 살며, 패자는 약속을 남발한다.

승자는 벌 받을 각오로 결단하며 살다가 영광을 받고 패자는 영광을 위하여 꾀를 부리다가 벌을 받는다. 승자는 인간을 섬기다가 감투를 쓰며, 패자는 감투를 섬기다가 바가지를 쓴다.

● **힌트** : 우리 모두 인생의 승리자가 됩시다.